망한 가문의 검술 천재가 되었다 12

2023년 9월 13일 초판 1쇄 인쇄
2023년 9월 18일 초판 1쇄 발행

지은이 소구장
발행인 강준규

기획 이기헌 왕소현 임동관 박경무 강민구 조익현
책임편집 천기덕
마케팅지원 이원선

발행처 (주)로크미디어
출판등록 2003년 3월 24일
주소 서울시 마포구 마포대로 45 일진빌딩 6층
Tel (02)3273-5135 Fax (02)3273-5134
홈페이지 rokmedia.com E-mail rokmedia@empas.com

ⓒ 소구장, 2022

값 9,000원

ISBN 979-11-408-1263-9 (12권)
ISBN 979-11-408-0358-3 04810 (세트)

망한 가문의 검술 천재가 되었다

12 소구장 퓨전 판타지 장편소설

CONTENTS

Chapter 1   7

Chepter 2   69

Chepter 3   133

Chepter 4   201

Chepter 5   267

Chapter 1

"당장 저자를 막아라!"

지금껏 대결을 가만히 지켜보던 율리안은 알프렌이 제어막을 열자마자 외쳤다.

그도 악투스의 금지된 비전에 대해서 알고 있었다.

생사개문.

저건 악투스의 기사들이 자신의 목숨을 걸고서라도 반드시 이뤄야 할 목적이 있을 때 사용하는 기술이었다.

그리고 그 목적이 무엇인지는 뻔했다.

슈넬덴 부활의 진정한 주역인 루크를 처치하려는 것이겠지.

루크가 가진 재능은 슈넬덴에서 봤을 때야 은총이지만, 다른 가문이 봤을 때는 재앙일 테니까.

그것도 슈넬덴과 직접적으로 경쟁해야 할 가문에게는 더더욱 무시무시한 재앙.

아무리 루크라도 생사개문까지 쓴 알프렌의 일격을 막을 수는 없을 것이다.

"예!"

라히츠를 비롯한 슈넬덴의 기사들은 곧바로 경기장으로 몸을 던졌다.

그들도 이미 알프렌이 심상치 않음을 느끼고 있었기 때문에 잠깐의 머뭇거림도 없었다.

하지만 루크와 알프렌이 대결을 펼치고 있는 전장과 관중석의 거리가 너무나 멀었다.

아무리 그들이 빨리 달린다고 해도, 제시간에 알프렌을 막아설 수는 없어 보였다.

'내가 너무 안일했구나!'

율리안은 눈을 질끈 감았다.

슈넬덴의 현재뿐만 아니라 미래까지도 이끌어 가야 할 주역이 바로 루크였다.

그런 루크를 이대로 잃게 된다면?

그 가정 하나만으로도 슈넬덴은 지금까지 있었던 부활을 뒤로한 채 다시 몇 년 전의 상태로 돌아갈지도 몰랐다.

비단 가문의 현재와 미래뿐만이 아니었다.

한 아이의 아비로서 자신의 불찰로 아들을 잃는 것만으로
도, 이미 씻을 수 없는 죄를 범하게 되는 것이다.

"루크, 제발 무사해 다오."

그는 간절한 마음으로 아래를 내려다봤다.

아직 라히츠가 전장까지 도착하려면 멀었다.

반면 생사개문을 한 알프렌은 벌써 루크의 코앞까지 다가
와 있었다.

이대로 있다면 루크를 잃게 되겠지.

율리안은 저도 모르게 눈을 질끈 감았다.

그느느라 루크의 검이 느릿하게 움직이는 것을 보지 못했
다.

벨무스의 끝이 새하얀 호를 그렸다.

사락.

그리고 루크의 주변으로 눈송이가 흩날렸다.

테오가 보여 줬던 것보다 훨씬 선명한 눈송이였다.

🕷

"슈넬덴의 희망을 내 손으로 직접 꺾어 주마!"

알프렌의 목소리가 쩍쩍 갈라졌다.

몸 내부의 핏줄이 터지면서 그의 피부는 붉게 물들었다.

그러나 그의 몸이 망가질수록 그가 들고 있는 검의 무게는

더욱 무거워졌다.

회색으로 물든 대검은 무거워지다 못해, 이제 주변의 빛마저 굴절시키기에 이르렀다.

우우우우우웅!

알프렌은 힘의 방향을 모두 검으로 고정시켰다.

가는 것이 있으면 되돌아오는 것도 있어야 순환.

그러나 알프렌은 생사결을 다짐하였기 되돌릴 힘조차 염두에 두지 않았다.

오로지 루크를 향한 쪽으로 모든 힘을 보냈다.

아직 검이 루크에게 도달하지 않았음에도, 주변의 땅이 갈라지고 깨졌다.

펄럭펄럭.

루크의 옷도 대검이 일으킨 검풍에 나부꼈다.

반면 그 대검을 바라보는 루크의 눈에서는 고요함만이 느껴졌다.

'이성을 잃고 마구 휘두르는 극선태중검이라…….'

루크가 작게 혀를 찼다.

'동귀어진을 생각했다고 하더라도, 그렇게 눈이 돌아가서야 누가 당하겠나?'

루크의 검이 눈부시게 빛났다.

마치 하늘을 반으로 가르기라도 할 것처럼 뻗어 나오는 순백색의 검기.

그 검기가 산산히 흩어지더니 눈송이처럼 흩날렸다.

그 눈송이가 알프렌의 눈앞에서 요사스럽게 흔들렸다.

"악투스의 검은 잘 배웠으니, 그 답례로 진정한 슈넬덴의 검을 보여 드리죠."

촤악!

촤아악!

새하얀 눈송이가 알프렌의 몸을 베고 지나갔다.

이미 마나를 한계치까지 머금은 근육은 그깟 검상 따위는 아무렇지도 않게 견뎌 냈다.

그러나 루크는 아랑곳하지 않고 계속해서 눈송이를 피워 냈다.

눈송이가 뭉쳐 하나의 거대한 해일로 보일 지경이었다.

마치 지난날 켈리퍼에서 레오드린이 사용했던 혈기의 파도를 연상케 하는 광경.

서거거거걱!

이윽고 만개한 눈송이가 일제히 그를 덮쳐들었다.

"이따위 눈송이는 검풍으로 밀어내면 그만!"

알프렌은 피를 토하듯 외치며 있는 힘껏 검을 휘둘렀다.

실제로 눈송이들은 대검의 풍압을 견디지 못하고 밀려 나갔다.

흐드러지는 눈송이들 사이로 루크의 형상이 슬쩍 드러났다.

안구의 실핏줄마저 터져 붉게 물들었지만, 알프렌의 시선은 끝까지 루크를 쫓았다.

그러나 순식간에 루크의 형상이 사라졌다.

아니, 사라진 게 아니라 가려진 것이다.

검풍에 밀려 나간 눈송이 뒤쪽으로 또 다른 눈송이가 자리를 채워 버렸기 때문.

"루크 슈넬데에에엔!"

알프렌이 더욱 거세게 검을 휘둘렀다.

그러나 아무리 검을 더 휘둘러도 루크의 모습이 보이지 않는 것은 마찬가지였다.

눈송이는 말 그대로 물밀듯 끊임없이 밀려왔다.

생사개문의 지속 시간도 얼마 남지 않은 상황.

다시는 검을 잡을 수 없을 정도로 회로를 손상시켜 놓았는데, 고작 눈송이만 베다가 끝낼 수는 없었다.

"으아아아아아아아악!"

알프렌은 발악하듯 검을 휘둘렀다.

내리는 눈 따위는 자신의 검으로 모두 짓뭉개 버리겠다는 듯.

그러나 그럴수록 내리는 눈송이는 그의 몸 위에 쌓여 갔다.

"어째……서, 어째서!"

알프렌은 눈 속에 파묻혀 가는 상황에서 절규했다.

"어째서 생사개문을 하고도 네놈에게 닿을 수 없냔 말이다!"

자신을 뒤덮은 눈송이 뒤에서 루크의 목소리가 들려왔다.

그것은 자신의 질문에 대한 대답이었다.

"압도적인 힘 앞에 모든 것이 무력해질 거라고 했나요? 아무리 강한 힘이라도 내리는 눈을 모두 막을 수는 없는 법이죠."

"……."

"그리고 적어도 과거의 악투스는 그걸 너무나 잘 알고 있었기에, 힘의 순환이라는 묘리를 만들어 낸 겁니다."

"아무리 강한 힘이라도 내리는 눈을 모두 막을 수는 없다고……?"

알프렌의 눈에서 초점이 사라져 갔다.

그제야 자신의 검에서 빠진 부분이 무엇인지 알 것 같았기 때문이다.

그건 비단 자신의 검뿐만이 아니라 현재 악투스의 검에서 빠진 부분이었다.

"그렇다면 어째서 악투스에는 이 중요한 가르침이 이어져 내려오지 않았던 것인가?"

"어쩔 수 없죠. 악투스에서도 그걸 알려 줄 사람들이 200년 전에 대부분 죽었으니까. 슈넬덴이 그랬던 것처럼."

"그랬군. 그때 악투스는 코넬리오의 힘을 빌려 가문을 유지했을지언정, 가문의 본질은 잃어버린 것이었어."

알프렌의 피부로 흘러나오던 마나가 사그라들었다.

생사개문으로 열어 뒀던 제어막을 다시 닫은 것이다.

이대로 제어막을 유지해 봐야 루크를 끝장낼 수 없을 것 같았기 때문이다.

"200년이나 지난 시점에서 가문의 끊겨 버린 정신을 되찾는 것은 무리겠지?"

루크가 어깨를 으쓱했다.

"혹시 모르죠. 악투스에서도 선조를 극진히 모시다 보면, 그 선조가 은덕을 내릴지."

"선조의 은덕이라……."

알프렌은 그 대답에 피식 웃었다.

"내가 대답하기 어려운 질문을 한 모양이군."

'거짓말은 아닌데.'

루크는 조금 억울했다.

악투스의 선조 중에서도 자신처럼 가문을 끔찍이 생각해 후손의 몸으로 다시 태어나 줄 자가 있을지도 모르잖은가.

그러나 보통의 사람들이 그런 비현실적인 말을 믿을 리가 없었다.

"그럼 마지막으로 하나만 더 물어도 되겠나?"

"제 실력을 드러내는 좋은 쇼 케이스를 만들어 주었으니, 답례로 대답해 드리죠."

"자네는 대체 누구인가?"

"……."

루크는 하려던 말을 멈추었다.

그리고 가만히 알프렌을 바라보았다.

뭔가 하고 싶은 말이 있어 보이는 표정이었다.

그러나 루크는 그대로 몸을 돌렸다.

그리고는 능청스러운 목소리로 대답했다.

"누구긴요. 그냥 슈넬덴가의 평범한 둘째 아들, 루크 슈넬덴이죠."

'조금 복잡한 사정이 있는 둘째 아들이긴 하지만.'

루크는 마지막 말을 입 밖으로 꺼내지는 않았다.

스르릉.

탁.

루크는 벨무스를 검집에 집어넣었다.

그러자 온 세상을 가득 채우고 있던 눈송이가 일제히 사그라들었다.

아직 상황 파악이 안 된 이들 사이에서 적막감이 흘렀다.

그 적막을 깬 것은 라히츠 일행이었다.

"공자니이이이임!"

그들은 어찌나 전력으로 달려왔는지, 삑사리까지 내면서 루크를 불렀다.

그럴 만도 했다.

자신들이 조금이라도 늦었다가는 루크가 생명이 위태로울 수도 있었으니까.

그러나 그들 역시 눈앞에 펼쳐진 광경을 보고는 할 말을 잃어버렸다.

털썩.

반쯤 무릎을 꿇고 있던 알프렌이 완전히 바닥에 쓰러졌다.

그 소리가 주변으로 울려 퍼졌다.

그 소리를 듣고도 아직 그들은 지금 상황을 이해하지 못했다.

루크가 악투스의 수석 기사 알프렌을 이겼다?

과연 이 말을 믿을 수 있는 사람이 몇이나 되겠는가.

직접 눈으로 보고 있는 그들조차도 상황을 받아들이는 데에 이렇게나 오랜 시간이 걸리는데.

루크는 그런 그들을 보며 말했다.

"악투스의 대장까지 쓰러뜨렸어."

"그렇다면……."

"맞아."

루크가 만족스러운 미소를 띠며 고개를 끄덕였다.

"이 대련은 우리 슈넬덴의 승리라는 거지."

"이겼다고?"

"진짜 저 괴물 같은 놈을 이겼네."

"그것도 뭔가 쉽게 이겼잖아."

"도대체 공자님은……."

다른 이들은 몰라도 테오 사단은 루크의 진면목에 대해 알고 있었다.

그럼에도 그들은 설마 루크가 알프렌까지 이겨 버릴 거라고는 생각하지 못했다.

"도대체 공자님의 경지는 어느 정도인 거야?"

"이래서야 공자님 한 대만 때리고 싶다는 목표도 요원해지잖아."

"그러게. 공자님 한 대 때려 보는 게 평생의 소원이었는데."

"그 누구보다 내가 그걸 제일 원하는데, 어째 영원히 못 이룰 것 같은데."

테오가 쓴웃음을 지으며 말했다.

말은 그렇게 했지만, 그들은 대련에서 승리했다는 사실보다도 루크와 본인들 사이의 실력 차부터 눈에 들어온 것이다.

그것은 아마도 지금까지 이뤄 낸 성과보다도 앞으로 나아가야할 곳이 더욱 많이 남았다는 걸 알고 있기 때문이리라.

"그건 그렇다고 치더라도, 너희는 괜찮아?"

테오가 슈넬덴의 수석 기사들을 향해 물었다.

그들은 거의 턱이 빠지기라도 할 것처럼 입을 벌리고 있었다.

"그, 그것이……."

라히츠는 침을 한번 꿀꺽 삼켰다.

그리고 쓰러진 알프렌과 테오, 그리고 루크를 번갈아 보았다.

"어째서 테오 공자님이 아니라 루크 공자님이 알프렌을 쓰러뜨린 거죠?"

"뭘 당연한 걸 물어."

테오가 인상을 찌푸렸다.

"저놈이 우리 중에서 제일 강하니까."

"허어!"

"라히츠, 적어도 너는 알고 있을 줄 알았는데? 내가 루크에게 수련받는 것도 봤잖아?"

"그야 초반에만 그런 줄 알았죠. 공자님이 정신 차리고 나서부터는 당연히 역전하신 줄 알았어요."

"그렇다면 전혀 잘못 짚었어."

테오는 라히츠를 비롯한 모두의 앞에서 루크를 가리켰다.

그들의 시선이 그 손가락을 따라 루크에게로 움직였다.

"현재 테오 사단을 만든 장본인이자 테오 사단에서 가장 강한 녀석, 그리고 슈넬덴을 여기까지 일으켜 세운 녀석······ 모두 다 루크 슈넬덴, 저놈이야."

라히츠 일행의 표정은 더욱 멍해졌다.

"그리고 결국 악투스의 수석 기사까지 잡아 버렸네. 진짜 미친놈이라니까."

테오는 고개를 절레절레 저었다.

그러면서도 그의 입에서는 미소가 가시질 않았다.

'이제야 제자리를 찾아 가는 느낌이네.'

비로소 슈넬덴의 모두가 루크의 실력과 공로를 인정하게
될 테니까.

ॐ

알프렌은 곧장 응급처치부터 받았다.

그에게는 다행히도 생사개문을 유지한 시간이 길지 않아
서 영원히 검을 잡지 못할 정도의 부작용은 없었다.

"고맙네."

응급처치를 마친 알프렌이 루크에게 말했다.

과정이야 어쨌든 일단 이 대결의 명분은 양 가의 교류를
위한 비무.

그렇기에 루크도 상대의 목숨을 아예 끝장낼 정도로 손을
쓰지는 않았다.

게다가 루크가 작정했다면 생사개문의 부작용이 일어나
서 알프렌이 스스로 쓰러질 때까지 대련을 끌고 갈 수도 있
었다.

그러나 루크는 일부러 생사개문의 부작용이 일어나기 전
에 대련을 끝내 주었고, 알프렌도 그걸 알고 있었다.

"공자가 아니었다면 난 영영 검을 잡을 수 없었겠지."

루크에게 고마운 건 그것뿐만이 아니었다.

"공자 덕분에 내가 부족했던 것이 무엇이었는지, 그리고 악투스에 필요했던 게 무엇이었는지 알 수 있었네."

때로는 강자와 하는 단 한 번의 대결이 오랜 수련보다도 도움이 될 때가 있다.

그런 경향은 본인의 경지가 높아질수록 더욱 짙어진다.

높은 경지에 있다는 건 그만큼 무학의 이론에 통달했다는 의미이니까.

하지만 경지와 반비례해 자신보다 강한 강자와 대련할 기회는 줄어든다.

자신보다 강한 사람의 숫자가 현격히 줄어들뿐더러, 가문 입장에서는 수석 기사가 가지는 전력을 굳이 외부에 노출시킬 필요도 없었으니까.

그런 상황에서 루크와 대련하며 지금껏 막혀 있었던 벽을 뛰어넘을 실마리를 잡은 듯했다.

악투스의 수석 기사이기 전에 한 명의 무인으로서 어떻게 고마워하지 않을 수 있겠는가.

"그래요?"

루크가 심드렁하게 대답했다.

그리고 그가 뭐라고 말하려 할 때였다.

"몸은 괜찮아 보이는구려."

옆에서 다른 목소리가 들려왔다.

거기엔 율리안이 인자한 미소를 지은 채로 알프렌을 보고 있었다.

알프렌은 얼른 예를 갖추었다.

"이번 대련의 결과는 악투스가 패배했음을 깨끗하게 인정하겠습니다."

"당연히 그래야지."

"그리고 이번 대련으로 저를 비롯해 악투스의 기사들도 많은 것을 배워 갈 수 있었습니다."

"그렇다니 다행이군."

이건 대련에서 패한 쪽이 취할 수 있는 가장 극진한 예우였다.

그러나 율리안에게선 아무런 높낮이도 없는 건조한 대답만이 들려왔다.

인자한 미소를 짓고 있는 표정과는 너무나도 다른 목소리.

그 이질감에 주변의 공기마저도 푸석해지는 것 같았다.

이윽고 율리안의 입이 다시 열렸다.

"그게 전부요?"

"예?"

"고마운 게 전부냐고 물었소만."

"그럼…… 허억!"

율리안의 얼굴에 퍼져 있던 인자한 미소가 순식간에 악귀의 그것처럼 구겨졌다.

"경은 친선을 위한 비무에서 상대를 죽이려 하였소. 그것도 그 상대가 슈넬덴의 직계 혈족이자 바로 내 아들이었지!"

율리안의 목소리는 한겨울의 설산만큼이나 차갑게 들려왔다.

"거기에 대한 사과는 쏙 빼둔 채로 그저 좋은 결투였다고 마무리할 생각은 아니겠지?"

"그, 그것이……"

"내가 경에게 응급처치까지 해서 살려 둔 이유는 딱 하나요."

율리안이 루크를 가리켰다.

"당장 내 아들에게 정식으로 사과하시오. 그렇지 않으면……."

율리안은 슬쩍 루크를 보았다.

그러더니 알프렌의 귀 가까이 다가가서 속삭였다.

"히, 히익!"

그 속삭임을 들은 알프렌의 얼굴이 점차 시퍼렇게 질려 갔다.

그리고 율리안의 말이 끝나기도 전에 루크에게 고개를 푹 숙였다.

"미안하오, 공자. 내가 비무에 심취해 추태를 보이고 말았소. 비무의 규칙을 어긴 나를 부디 용서하시오."

"하, 하하…… 그래요, 뭐 그럴 수도 있죠."

루크조차 당황했는지 목소리를 떨었다.

"그리고 솔직히 그렇게 목숨에 위협이 되지도 않았는데요, 뭘."

"네게 위험이 되지 않았다고 해서 문제가 없는 게 아니다! 지금 저 빌어먹을 놈이 네 목숨을 노린 생각을 했다는 것 자체가 문제인 게지!"

율리안이 버럭 소리를 질렀다.

루크조차 깜짝 놀라서 고개를 끄덕일 정도로 강한 기세였다.

만약 루크가 다치기라도 했다면, 알프렌의 팔다리는 절대 성하지 않았으리라.

루크의 대답을 들은 율리안은 다시 알프렌을 보았다.

"무릇 사과는 말로만 끝나서는 안 되는 법이라고 생각하오."

"그 말씀은…….."

"경이 루크에게 미안한 만큼을 배상해 주실 거라 믿겠소."

그 말을 들은 루크는 헛웃음을 흘렸다.

'이것 봐라?'

애당초 사과는 명분이었던 것이고, 본심은 배상금이었던 모양이다.

그사이 율리안도 루크의 수법을 배운 것이다.

아니, 어쩌면 배운 게 아니라 애당초 유전자에 내재된 것일 수도 있었다.

'누가 슈넬덴 핏줄 아니랄까 봐.'

루크의 노골적인 눈빛이 민망했던 것일까.

율리안은 그의 시선을 슬쩍 피했다.

"어쨌든 또다시 내 아들과 슈넬덴을 향해 검을 겨누려거든 내가 조금 전 말했던 경고를 기억하시오."

"아, 알겠습니다."

그 말을 들은 율리안은 몸을 돌렸다.

"그럼 악투스가 인원들을 수습해서 돌아가시오. 따로 슈넬덴가 차원에서 인사는 하지 않겠소."

율리안은 슈넬덴가 인원들을 이끌고 돌아갔다.

굳이 승리 선언도 필요 없었다.

저 위에서 양 가의 대련을 똑똑히 지켜봤으니까.

이제 저들이 슈넬덴 산을 내려가서 오늘 보고 들은 것을 전하기 시작하겠지.

'한동안 가문 앞이 사람들로 더 북적이겠군.'

율리안은 흐뭇한 미소를 지었다.

슈넬덴의 테오 사단이 악투스의 상급 기사들을 이겼다.

이 소문은 순식간에 테론 대륙 전역으로 퍼져 나갔다.

소문의 내용 자체가 워낙 자극적이다 보니, 굳이 삭풍대의 도움을 받지 않더라도 소문은 날개 돋친 듯 퍼져 나갔다.

북부의 작은 마을 주점에서조차도 그 이야기가 한창이었다.

"정말로 슈넬덴이 이겼단 말인가?"

"내가 노던에서 오는 길이잖은가. 이미 노던은 축제 분위기이네."

"하긴 그렇겠지. 이번 대련의 결과로 북부의 맹주 슈넬덴이 적어도 세 손가락 안에 드는 세력이라는 게 증명되었으니."

"그뿐이겠는가? 테오 사단은 전원이 초중급 기사들이네."

그 말에 이야기를 듣던 이들이 모두 경악했다.

초중급 기사들이라면 아직 현재가 아닌 미래를 봐야 하는 후기지수가 아니던가.

그럼에도 벌써 악투스의 상급 기사를 이길 정도라면, 10년 후에는 그야말로 대륙을 호령하는 실력자가 될 수도 있다는 의미였다.

벌써부터 슈넬덴의 창창한 미래가 훤히 그려지는 것 같았다.

"그런데 여기서 끝이 아닐세."

"또 뭐가 있는가?"

"테오 사단이 사실은 테오 사단이 아니라 루크 사단이라 더군."

"루크 사단? 루크라면 슈넬덴가의 이공자가 아닌가?"

"이 사람 참! 그렇게 말귀를 못 알아듣나? 그러니까 사실 테오 사단에서 가장 강한 이가 일공자가 아니라 이공자였다는 거지."

"뭐?"

"그러니까 글쎄……."

그는 비밀스러운 이야기도 하려는 듯 주변에 있는 사람들을 불러 모아 속닥거렸다.

그리고 멀찍이 떨어져 앉은 한 사내가 그곳에 귀를 기울이고 있었다.

거리가 먼 탓에 평범한 사람들에게는 내용이 명확히 들리지 않을 정도였지만, 그에게는 그리 큰 문제가 되지 않았다.

스륵.

모든 이야기가 끝났을 무렵, 그 사내는 조용히 자리에서 일어나 주점을 나섰다.

그리고 그는 곧장 품에서 연락 수정구를 꺼내 들었다.

코넬리오의 본가.

그레이엄 코넬리오는 미간에 깊은 주름이 생긴 채로 수정구에서 흘러나오는 말을 듣고 있었다.

"악투스가 졌다라……. 솔직히 이건 예상하지 못했군."

그는 악투스가 고전하긴 하겠지만, 그래도 결국엔 슈넬덴을 이길 거라고 예상했다.

그도 그럴 것이 그 무리에는 페라튼 악투스와 알프렌 악투스가 있었으니까.

그럼에도 악투스가 패배했다니.

'이거 원래 계획하고 있던 병력 규모에 손을 좀 봐야겠어.'

이건 다행이었다.

악투스를 이용해 슈넬덴의 전력을 파악하지 않았더라면, 자칫 계획이 실패할 뻔했다.

그건 그렇고 그는 더 궁금한 게 있었다.

"그래서 누가 알프렌을 쓰러뜨린 거지?"

그게 가장 중요했다.

아마 그 녀석이 캘리퍼에서 레오드린을 쓰러뜨린 녀석이자, 그릇으로 가장 유력한 후보일 테니까.

사실 악투스의 원정대에 알프렌까지 포함시켰던 이유도 그 그릇을 알아보기 위해서였다.

[소문의 진위를 조금 더 확인해 봐야겠지만, 현재로써는 루크 슈넬덴이라고 합니다.]

"루크 슈넬덴?"

이것이 더 예상하지 못했던 것이었다.

[아직 직접 확인한 건 아니지만, 들려오는 소문의 내용이 일

치하는 것으로 봐 가능성이 높습니다.]

　"흐음, 테오가 아니라 루크라? 그럼 루크 슈넬덴이 지금까지 실력을 숨기고 있었다는 말인가?"

　[그런 것 같습니다.]

　루크 슈넬덴. 뭔가 수상한 점이 있다고 생각하긴 했다.

　그런데 알프렌을 쓰러뜨린 자가 바로 그 녀석이었다니.

　'그렇다면 그놈이 레오드린도 쓰러뜨렸던 건가?'

　아마 다 쓰러져 가던 슈넬덴을 이토록 단시간에 부활시킨 주역도 역시 테오가 아니라 루크였겠지.

　"루크 슈넬덴이라……."

　그레이엄은 그 녀석이 신경 쓰였다.

　특히 녀석이 가진 이름이 무척 거슬렸다.

　루크 슈넬덴이라는 이름은 코넬리오의 역사상 가문에 가장 위협이 된 자의 이름이었으니까.

　그뿐일까.

　대영웅 멀빈 코넬리오는 마지막 순간에도 루크 슈넬덴을 경계해야 한다는 말을 남겼다.

　그런 존재와 똑같은 이름의 후손이 등장해 슈넬덴의 부활을 이끄는 것은 그저 우연일까?

　물론 그저 우연일 확률이 높았다.

　'분명 그렇긴 한데…….'

　그럼에도 뭔가 불길한 마음이 들었다.

언제나 감정적인 부분은 철저히 배제하고 이성적인 논리에 의해서만 모든 것을 결정하는 그였다.

그러나 이번만큼은 이성적으로 문제를 바라보기가 어려웠다.

가슴속이 계속해서 시큰한 기분.

"지금 당장 루크 슈넬덴에 대한 정보의 중요도를 최상으로 올리고 관리하라."

[예!]

"그리고 200년 전의 루크 슈넬덴에 대해서도 수집하도록."

[하지만 그자에 대한 기록은 현재 거의 남아 있지 않습니다.]

"나도 알고 있다. 작은 단서가 될 만한 것들이라도 좋으니, 관련된 정보는 모두 수집하라."

[예, 알겠습니다!]

우웅.

연락 수정구의 빛이 꺼졌다.

'루크 슈넬덴이라······.'

여전히 그레이엄의 얼굴에는 찜찜함이 남아 있었다.

"허허."

율리안의 입가에서는 웃음이 가시질 않았다.

그건 슈넬덴의 원로회도 마찬가지였다.

늘 걱정이 많던 하우덴 장로의 얼굴에서도 오늘만큼은 웃음꽃이 지질 않았다.

"정말로 우리가 악투스를 이길 줄은 몰랐습니다."

"맞아요. 테오 사단의 실력이 이렇게나 올라왔을 줄이야."

"그뿐이겠습니까? 저는 공자들의 실력이 더욱 놀라웠습니다."

"그도 그렇군!"

장로들의 입에서는 연신 감탄사가 튀어나왔다.

특히 루크와 테오가 보여 줬던 그 무위는 도무지 잊히지가 않았다.

"그렇고말고."

율리안은 흐뭇한 미소를 지으며 고개를 끄덕였다.

"역시 가주님은 다 알고 계셨던 거군요."

"언제나 느끼는 것이지만, 가주님의 혜안은 남다르십니다."

"맞아요. 설풍검도 가주님이 가르치신 겁니까?"

"음?"

연신 흐뭇한 미소를 짓고 있던 율리안이 고개를 갸웃했다.

"그러고 보니 테오가 설풍검을 썼었지?"

"그뿐이겠습니까? 이공자님도 설풍검을 썼습니다. 근데 그게 가주님이 가르쳐 주신 게 아니었습니까?"

"나는 그러지 않았네만……."

율리안이 고개를 끄덕이며 말했다.

예상치 못한 대답에 원로회는 당황했다.

"그, 그건 분명히 설풍검이 맞았습니다."

"맞습니다. 현재 비전 연구소에서 연구 중인 설풍검 1식과 모든 것이 똑같았습니다."

"그렇다면 공자님들이 설풍검을 독학이라도 하셨단 말입니까?"

"그게 말이나 됩니까? 주석서가 없어 비전 연구소에서도 아직 연구만 하고 있는 비전입니다."

"하나 자네도 봤지 않은가? 두 공자가 설풍검을 쓰는 모습을!"

워낙 믿을 수 없는 사실이다 보니, 원로회가 소란스러워졌다.

그러다 율리안이 큰 소리로 외쳤다.

"여봐라! 테오와 루크를 모두 가주실로 부르도록 하라, 지금 당장!"

어쩌면 200년 전 사라졌던 설풍검이 다시 슈넬덴으로 돌아오게 될지도 몰랐다.

※

테오와 루크는 곧장 가주실로 불려 왔다.

율리안과 원로들은 당장이라도 그들에게 물을 게 산더미 같았지만 그럴 수가 없었다.

테오의 상태가 걸인을 연상시킬 정도로 너저분했기 때문이다.

명색이 가주와 원로회를 보러 오는 자리인데 저런 몰골로 오다니.

보다 못한 하우덴 장로가 한마디를 했다.

"대체 어디서 뭘 하다 왔기에 그리된 겐가?"

"어디긴요. 당연히 백은관에서 오는 길이죠."

비교적 생생한 루크가 대신 대답했다.

테오도 함께 고개를 끄덕였다.

그 말에 율리안과 원로들은 치를 떨었다.

이번 대련을 통해 그들도 테오 사단이 백은관에서 얼마나 혹독한 수련을 하고 있는지 알게 되었다.

그리고 그 혹독한 수련을 시키는 이가 누구인지도.

그렇기에 저렇게 아무렇지도 않게 대답하는 루크가 더욱 독해 보였다.

하지만 루크로서도 할 말이 없는 건 아니었다.

루크도 수고했다는 의미로 테오 사단에게 며칠간의 휴가를 주려고 했다.

그럼에도 테오 사단 쪽에서 먼저 찾아와 수련을 받고 싶다고 해서 원하는 대로 해 준 것뿐.

"그런데 저희는 어쩐 일로 부르셨습니까?"

테오의 입에서 금방이라도 숨이 넘어갈 것 같은 목소리가 흘러나왔다.

율리안은 괜히 헛기침했다.

"크흠, 내 눈이 틀린 게 아니라면 악투스와의 대결 때 너희가 설풍검을 쓴 것 같던데."

율리안이 본론을 꺼내자, 모두의 시선이 두 공자의 입을 향했다.

이윽고 테오의 입이 열렸다.

"맞습니다, 설풍검."

"오오⋯⋯!"

테오의 대답에 주변 사람들이 작은 탄성을 터뜨렸다.

슈넬덴에서 설풍검이라는 이름이 가지는 의미는 그만큼이나 컸던 것이다.

그러나 한편으로는 테오의 말을 믿지 못하는 이들도 있었다.

그도 그럴 것이, 설풍검은 주석서가 없는 탓에 가문 내 누구도 해석하지 못한 비전이었으니까.

아무도 해석하지 못했다는 건 곧 그 비전을 가르쳐 줄 사람도 없다는 것과 동일한 의미일 터.

그런데 공자들은 어떻게 설풍검을 배웠단 말인가.

"너희는 누구에게 설풍검을 배운 것이더냐?"

"그게……."

율리안의 질문에 테오는 슬쩍 루크의 눈치를 살폈다.

평소 같았으면 또 루크를 대신해 자신이 뭐라고 둘러댔을 것이다.

하지만 이제는 루크가 진짜 실력을 드러냈으니, 굳이 자신이 나설 필요도 없었다.

예상대로 루크가 입을 열었다.

"저희가 독학했어요."

"주석서도 없는 설풍검을 독학했다고?"

"네, 파도치는 서리에서 힌트를 얻었거든요."

율리안의 동공이 흔들렸다.

루크는 이전에도 파도치는 서리에 대해 새로운 주석서를 썼던 적이 있었다.

그리고 그것이 설풍검을 배우기 전 준비 단계로 적합했던 탓에, 곧장 추가 연구를 지시했다.

"하지만 비전 연구실 인원이 다 달라붙어도 설풍검까지 이어 가지 못했는데."

"저도 얼마 전에 설풍검 연구를 다시 하다가 알았어요. 자세히 설명해 드리면……."

루크는 파도치는 서리를 통해 설풍검을 해석해 내는 과정을 자세히 설명해 주었다.

기술 자체를 본인이 만들었으니, 설명에 막힘 따위는 없었다.

그리고 그 설명을 들은 율리안과 원로회는 감탄했다.

그들도 그 누구보다 슈넬덴의 비전에 대해 많은 관심을 기울이던 이들이었다.

그렇기에 루크의 설명이 마냥 허무맹랑한 소리가 아니라는 걸 알 수 있었다.

"파도치는 서리에 대한 완전히 새로운 접근법이군!"

"우리의 굳어 버린 머리로는 절대 저걸 설풍검과 연결시키지 못했을 걸세!"

"정말 대단한 인재들이야! 괜히 슈넬덴의 태양이라고 부르는 게 아니군!"

원로들은 루크와 테오를 향해 환호했다.

꿀꺽!

환호하는 원로들 사이에서 율리안의 침 삼키는 소리가 들려왔다.

"그 말인즉슨 슈넬덴의 모두가 설풍검을 배울 수 있다는 말이더냐?"

어찌나 감격스러운지 그의 목소리가 떨리고 있었다.

"그렇죠."

주륵.

그 말에 한 줄기 뜨거운 눈물을 흘렸다.

완전히 실전된 줄만 알았던 설풍검이 다시 이어질 수도 있다니.

슈넬덴의 정신이라고 할 수 있는 설풍검.

그 설풍검을 쓴다는 건 곧 200년 전 잃어버렸던 슈넬덴의 힘을 되찾는다는 말과도 같았다.

'지금까지 수고 많았구나.'

루크는 그런 율리안을 보며 미소를 지었다.

그 미소에서는 흐뭇함과 미안함이 동시에 비쳐 보였다.

지금까지 슈넬덴을 지켜 온 것에 대한 대견함이자, 그 순간들을 홀로 버티게 한 것에 대한 죄책감이 섞여 있었기 때문이리라.

그가 잘 버텨준 덕분에 이제는 설풍검을 가르쳐도 될 만큼, 슈넬덴의 기사들은 강해졌다.

"그, 그렇다면 먼저 비전 연구실에부터 연락하자꾸나. 일단 너희들이 밝혀낸 사실부터 기록으로 남겨야지!"

"그럴 필요 없어요."

"그럴 필요가 없다니?"

"어젯밤에 제가 비전 연구실에 들러 한스에게 내용을 모두 말해 주고 왔거든요. 아마 지금쯤 연구실의 학자들 모두가 그걸 정리하고 있을 거예요."

율리안은 할 말을 잃었다.

보통 저 나이대의 아이라면, 비전을 익혔으니 그걸 그대로 가르쳐 줘야겠다고 생각하기 마련이다.

그러나 비전을 전수한다는 건 결코 그렇게 간단한 것이 아니다.

자신의 깨달음을 모두에게 적용할 수 있도록 조정하는 과정이 이루어져야 하니까.

그런데 루크는 비전을 전수하기 위해서 어떤 순서를 따라야 하는지 훤히 알고 있는 것 같았다.

'이 정도면 오히려 내가 가문의 운영에 대해 배워야 할 수준이군.'

율리안은 진심으로 그렇게 생각했다.

"그럼 비전 연구실 쪽의 정리가 끝나는 대로 곧바로 설풍검을 전수할 수 있겠느냐?"

"물론이죠."

"그럼 수석 기사들부터 모을 테니, 그들에게 먼저 전수해 주려무나."

"네, 근데……."

루크가 말끝을 흐리자 율리안은 고개를 갸웃했다.

"무슨 문제라도 있느냐?"

"문제는 아니고요, 수석 기사들한테 좀 많이 힘들 거라고 전해 주세요."

듣고만 있던 테오가 조용히 고개를 끄덕였다.

그러나 율리안은 오히려 눈을 더욱 빛냈다.

"괜찮다. 슈넬덴의 정신이자 최고의 비전을 배우는데, 당연히 힘든 건 감수해야겠지. 모두들 그 정도 각오는 하고 올 것이다."

"그렇단 말이죠? 그럼 정리 끝나는 대로 바로 시작하시죠."

씨익.

루크의 입가에 사악한 미소가 걸렸다.

그걸 본 테오는 작게 한숨을 내쉬었다.

'백은관에서만 들려오던 비명이 이제 가문 전체에서 울려 퍼지겠네.'

어쩐지 테오의 귀에는 벌써부터 그들의 곡소리가 들려오는 것 같았다.

수석 기사.

그들은 단순히 상급 기사 위 단계 정도의 의미를 지니는 이들이 아니었다.

한 가문의 상급 기사가 행동대장 격의 주요 전력이라면, 수석 기사는 한 가문의 명성을 좌우하는 상징적인 이들이었다.

원래 가문의 명성이라는 건 A급 여러 명에 의해서가 아니라, 소수의 강자들에 의해서 정해지는 법.

그리고 그 소수의 강자를 담당하는 이들이 바로 수석 기사들이었다.

그렇기에 가문에서는 수석 기사들에게 많은 임무를 시키지 않는다.

그들의 실력이 곧 가문의 명성과 직결되니, 임무에 나가서 전력을 노출하기보다 본인들의 수련에 더욱 힘을 쓰라는 것이다.

물론 슈넬덴은 가문의 사정상 수석 기사들마저도 임무에 투입해야 했지만, 가문의 사정이 나아지고 나서부터는 그들에게 수련 시간을 확보해 주었다.

그런 수석 기사들이 오랜만에 한자리에 모였다.

그들이 대연무장에 모인 이유는 단 하나.

200년 전 잃어버렸던 슈넬덴의 핵심 비전, 설풍검을 전수받기로 되어 있었기 때문이다.

"이봐, 라히츠. 공자님들이 설풍검을 쓸 수 있다는 게 정말인가?"

"맞아. 그걸 전수해 주시려고 우리를 불러 모은 거지."

"주석서도 없이 원서만 있는 설풍검을 독학했다는 건가? 아무리 공자님들이라도 그건 불가능할 것 같은데."

"내 눈으로 직접 봤어. 흐드러지는 눈송이들을."

"그렇다면 정말 놀라운데. 공자님들의 재능이 출중한 줄은 알았지만, 이 정도일 줄이야……."

그들이 서로 이야기를 나누고 있을 때, 루크와 테오가 대연무장 앞에 나타났다.

설풍검을 쓸 수 있다는 사실 때문일까?

그들에게서 느껴지는 아우라 자체가 달라진 것 같았다.

수석 기사들은 기대 섞인 눈으로 그들을 보았다.

경력으로 보아 아직 초급에 불과한 공자들이었지만, 그들에게 그건 중요한 게 아니었다.

자신들보다 많이 안다면, 어린아이에게라도 배우는 것.

그게 슈넬덴 기사들의 정신이었으니까.

루크는 연무장에 모인 수석 기사들을 쭉 훑었다.

"이렇게 많이 나올 줄은 몰랐네."

"설풍검을 배울 수 있다는데, 누가 참을 수 있겠습니까?"

라히츠가 대답했다.

"뭐, 좋아. 제 발로 죽으러 왔는데 마다할 이유는 없지."

"예?"

"아무것도 아니야."

라히츠가 되물었지만, 루크는 슬쩍 지나쳤다.

"시간도 없으니까 바로 시작해 볼까?"

"좋습니다."

"그럼 먼저 우리가 복원한 설풍검부터 보여 주도록 하지."

루크의 눈짓을 받은 테오가 곧바로 검을 꺼냈다.

그러자 수석 기사들의 시선이 테오에게서 떨어지지 않았다.

마치 테오의 움직임을 조금이라도 놓치지 않겠다는 것처럼.

휘욱, 휘욱!

테오의 검이 설풍검의 초식을 부드럽게 밟아 나갔다.

춤을 추듯 유려하면서도 때론 송곳처럼 날카로운 검로.

그걸 보는 것만으로도 수석 기사들은 감탄했다.

사라락.

그리고 머지않아 테오의 검에서 눈송이가 피어났다.

그러자 수석 기사들이 술렁거렸다.

"오오오!"

"저게 바로 설풍검!"

짝짝짝짝.

테오가 검을 거두자 박수가 쏟아졌다.

자신들이 살아생전 설풍검을 직접 보게 될 줄이야.

그 사실에 감동해 눈물을 보이는 자까지 있었다.

그때 라히츠가 루크를 향해 물었다.

"저희도 저 눈송이를 피워 낼 수 있다는 것이군요."

"맞아. 파도치는 서리를 익혔다면 설풍검 1식까지는 금방 따라갈 수 있을 거야."

루크의 대답을 들은 수석 기사들은 눈을 반짝였다.

"그럼 지금 바로 시작하자고."

수석 기사들이 설풍검을 배우기 시작한 지 보름이 지났다.

과연 수석 기사라는 이름값이 괜히 있는 게 아니었다.

그들은 루크의 강도 높은 수련을 곧잘 따라왔다.

사락.

그러다 보니 그들의 검에서는 금방 눈송이가 피어났다.

아무리 결이 비슷한 비전을 익힌 상태라고 하더라도, 이건 아주 빠른 속도였다.

그만큼 수석 기사들의 의욕이 넘치기 때문이리라.

'가문으로서도 좋은 일이지.'

수석 기사들이 설풍검을 배우고 나면 개개인의 전력이 상승하는 것뿐만 아니라, 슈넬덴 가문이 가지는 상징성도 더욱 커지겠지.

'나한테도 좋은 일이고.'

저들이 빨리 설풍검을 배워 강해질수록 자신이 더 마음 놓고 가문 밖을 돌아다닐 수 있게 될 테니까.

악투스가 슈넬덴에 패하면서 코넬리오는 본인들이 부릴 수 있는 패를 거의 다 버리게 되었다.

그 패들 중에서 악투스보다 강한 카드는 거의 없기 때문.

그 말은 즉 코넬리오가 직접 움직일 가능성이 크다는 것이다.

그때를 위해서라도 슈넬덴의 전력을 빠르게 강화시킬 필요가 있었다.

'하지만 이제 슬슬 벽이 찾아올 때가 됐어.'

같은 길을 두 번이나 걸어서일까.

루크는 그들이 어느 지점에서 막힐지가 훤히 보였다.

그리고 예상대로 그 시기가 찾아왔다.

눈송이를 피워 내는 데까지는 성공했지만, 루크나 테오의 것처럼 날카롭게 벼려진 느낌은 아니었던 것이다.

그들도 알고 있었다.

뭉툭한 눈송이가 날카롭게 벼려지기 위해서는 시간이 필요하다는 것을.

하지만 동시에 마음속엔 조급함이 생겼다.

그것은 무의 경지에 대한 갈망에서 비롯된 조급함이었다.

그리고 루크가 바로 그 틈을 노리고 찾아왔다.

"좀 더 빠르게 설풍검을 완성시킬 방법이 있어."

"그런 게 있습니까?"

"무슨 방법입니까?"

수석 기사들이 눈을 밝혔다.

루크는 푸근한 미소를 지었다.

"슈넬덴의 모든 검은 오로지 생존과 승리, 두 가지 목적에 의해서만 만들어졌지. 그러니까 배움을 할 때도 똑같은 환경을 만드는 거야."

"그 말씀은······."

"맞아. 실전에서 연습을 해야 빨리 늘 수 있다는 거지."

스윽.

루크는 목검을 꺼내며 말했다.

그러고는 대연무장 중앙으로 올라갔다.

"잔말 말고 한 명씩 올라와."

이제부터가 진짜 수련 시작이니까.

"······다시 한번 말씀해 주시겠습니까?"

라히츠가 조심스럽게 부탁했다.

물론 루크가 한 말을 못 들어서 그런 부탁을 한 건 아니었다.

그저 그가 한 말을 재차 확인하려고 한 것일 뿐.

그리고 루크는 아무렇지도 않게 다시 말해 주었다.

"실전에서 배워야 빨리 느니까 한 명씩 덤비라고."

수석 기사들은 당황한 기색을 숨기지 못했다.

"공자님께서 알프렌을 이긴 건 알고 있습니다. 아무리 그래도 저희 모두와 한 번씩 대련하시다니요."

"괜히 무리하셨다가 공자님께서 다치실까 봐 걱정입니다."

수석 기사들은 각자 한마디씩 던졌다.

그걸 듣고 있던 루크가 코웃음을 쳤다.

"날 걱정할 시간에 한 명씩 올라오지 그래? 나는 시간이 그렇게 넉넉하지 않거든."

수석 기사 전원과 대련을 하는 것을 그저 귀찮은 일정 중 하나로 여기는 듯한 말투였다.

그 말투에 자존심이 상한 수석 기사 한 명이 앞으로 나섰다.

얀센이라는 수석 기사였다.

"저도 공자님께서 수석 기사 전원과 대련할 수 있도록 조절해서 설풍검을 임하겠습니다."

"너희 지금 뭔가 많이 착각하고 있는 것 같은데……."

루크의 입가에 비릿한 미소가 번져 나갔다.

"갓 배운 설풍검으로는 내 털끝 하나도 못 건드릴 거야."

이번에는 다른 수석 기사들의 표정도 일그러졌다.

자신들의 무학을 완전히 무시하는 듯한 태도 때문이었다.

다른 이들이 이 정도인데, 성미가 급한 얀센은 얼마나 자존심이 상했겠는가.

"좋습니다. 공자님 말씀대로 털끝 하나 못 건드리는지 보시지요."

척.

얀센이 자세를 잡더니, 이내 유려한 검로를 그리기 시작했다.

그리고 초식이 거듭될수록 그의 주변으로 눈송이가 피어나기 시작했다.

끊임없이 일렁이던 검이 우뚝 그 자리에 멈췄다.

설풍검 1식, 혹한의 일섬.

설풍검의 마지막 구절을 읊조렸다.

쏴아아아아ㅡ!

흩날리던 눈송이가 일제히 루크가 있는 방향으로 뻗어 갔다.

시선을 빼앗을 정도로 아름다운 눈보라가 사실은 마물수십 마리를 동시에 벨 수 있을 정도로 무시무시한 기술이라니.

그걸 본 다른 수석 기사들도 작은 탄성을 터뜨렸다.

고작 보름 정도 배운 것치고는 제법 그럴싸한 눈송이가 그려진 것 같았기 때문이다.

루크도 그건 인정했다.

'하지만 말 그대로 그럴싸한 정도일 뿐.'

스슥.

루크의 모습이 순식간에 눈앞에서 사라졌다.

얀센도 깜짝 놀란 눈으로 주변을 살폈다.

'내가 눈으로 좇을 수도 없을 정도로 빠르게 움직였다는 말인⋯⋯.'

그가 생각을 채 마치기도 전이었다.

따악!

어디선가 맑고 시원한 소리가 울려 퍼졌기 때문이다.

목검으로 누군가의 마빡을 때렸을 때 나는 소리.

그리고 거의 동시에 얀센에게 고통이 들이닥쳤다.

"끄윽!"

원래 생각지도 못하게 고통이 찾아오면 유독 크게 느껴지는 법.

그럼에도 얀센은 터져 나오는 비명을 겨우 참아 냈다.

다른 수석 기사들이 없었다면 곧바로 비명을 내질렀으리라.

하지만 목검 소리는 거기서 끝이 아니었다.

옆쪽에서 루크의 목소리가 들려왔다.

"고작 기술 한 번 썼다고 이렇게 빈틈이 많이 생긴다고?"

따악, 따악, 따악, 따악!

거의 동시다발적으로 네 번의 타격음이 들려왔다.

"끄아악!"

이번에는 얀센도 비명을 참지 못했다.

"설풍검은 절대 과시용으로 쓰는 기술이 아니야. 다른 가문의 그 어떤 비전보다도 실전에 가까운 검술이지. 그래서 실전에서 설풍검을 배워야 진정한 설풍검을 쓰는 사람이라고 할 수 있는 거고."

루크의 설명에 얀센이 고개를 끄덕였다.

그건 루크가 한 말을 이해했다기보다는 정신이 없는 나머지 저절로 몸이 움직인 것에 가까웠다.

"알아들었으면 이제 몸에 새겨!"

루크의 목검이 벼락같이 날아들었다.

따악, 따악, 따아아아악!

목검이 한 번 휘둘릴 때마다 거기서는 경쾌한 타격음이 터져 나왔다.

순식간에 몸 곳곳을 두들겨 맞은 얀센은 검을 휘두를 생각조차 하지 못했다.

그도 그럴 것이 수석 기사가 된 후로 이렇게 누군가에게 훈육받듯 목검으로 두들겨 맞아 본 적이 없었기 때문이다.

"이런 것도 반격이 안 되면서 설풍검을 쓴답시고 으스댄 건가? 이참에 아주 제대로 알려 주지."

우우웅.

방어하기에 급급하던 얀센은 정체를 알 수 없는 파동을 느꼈다.

그것은 루크의 코어가 공명하며 만들어 낸 파동이었다.

사라락-!

루크의 목검에 새하얀 검기가 둘러지더니, 이내 눈송이처럼 흩날리기 시작했다.

그걸 본 얀센의 눈이 부릅떠졌다.

'이게 진짜 설풍검?'

자신이 피워 냈던 눈송이와는 차원이 달랐다.

루크의 눈송이가 훨씬 더 선명하고 아름다웠다.

마치 자신이 설원에 있다는 착각이 들 만큼 환상적인 광경.

그리고 그 아름다운 눈송이는…….

따다다다다닥!

얀센의 몸 구석구석을 두들겨 패기 시작했다.

"지금 나한테 맞는 곳들이 전부 빈틈이었다는 거야."

"끄으으으으윽!"

그는 몸을 웅크린 채로 쏟아지는 눈의 세례를 견뎌 냈다.

그러나 루크가 피워 낸 눈송이는 조금도 약해지지 않고, 계속해서 얀센의 몸 위에 내려앉았다.

"끄르르륵."

결국 얀센은 비명을 내지르며 기절하고 말았다.

루크는 그제야 이마에 맺힌 땀을 쓰윽 닦아 냈다.

"다음번에 설풍검을 쓰려고 하면 지금 맞은 곳들이 욱신거리겠지? 잘 새겨 둬."

"……."

얀센에게서는 아무런 대답도 들려오지 않았다.

의식을 잃은 사람에게서 어떻게 대답을 들을 수가 있겠는가.

다른 수석 기사들은 그런 루크를 멍하니 쳐다봤다.

이렇게 직접 눈앞에서 보니, 그가 어떻게 알프렌을 압도적으로 이겼던 것인지 알 것 같았다.

그때 다음 타깃을 찾는 루크의 불호령이 떨어졌다.

"너희는 뭘 그렇게 멀뚱멀뚱 쳐다보고 있어?"

"예, 예?"

"시간 없으니까 빨리 순서대로 올라와!"

"예."

주연무장으로 올라온 이들에게서도 얀센에게서 들었던 것과 똑같은 비명이 터져 나왔다.

결국 테오가 예상했던 대로, 백은관에서만 터져 나오던 비명은 이제 슈넬덴의 주연무장에서도 울려 퍼졌다.

주연무장에서 비명이 들려온 지도 한 달.

수석 기사들은 오늘 아침에도 어김없이 주연무장으로 향하고 있었다.

그곳으로 향하는 그들의 뒷모습이 어쩐지 익숙해 보였다.

백은관으로 향하는 테오 사단의 뒷모습이 딱 저런 모습이었다.

그들도 단 한 달 만에 테오 사단과 똑같은 뒷모습을 가지게 된 것이다.

"이러다 설풍검을 배우기 전에 우리가 먼저 죽겠어."

"그러게. 수련이 끝나고 따로 의원을 찾아간 게 몇 번인지…….."

"공자님이 그렇게 강한 것도 몰랐던 사실인데, 그렇게 독한 사람인지는 더 몰랐어."

저들끼리 루크에 대해서 치를 떠는 모습까지도 테오 사단과 똑같았다.

그럼에도 그들은 주연무장으로 가는 이유는 단순했다.

이 방법이 설풍검을 가장 빠르게 익히는 방법이라는 걸 알고 있었으니까.

그 사실 하나만으로도 이 모든 고통을 버텨 낼 수 있었다.

그들이 애써 자신들을 합리화하며 주연무장에 도착했을 무렵, 루크도 마침 연무장에 도착했다.

"왔어?"

"오늘은 일찍 나오셨군요."

"아, 오늘은 너희한테 새로운 상대를 소개해 주려고."

"새로운 상대요?"

"맞아. 내가 매일 한 명씩 상대해 줄 수는 없잖아."

그 말에는 동의했다.

루크도 몸이 한 개인 데다가 점차 수석 기사들이 설풍검에 익숙해지는 바람에 상대해야 할 시간도 길어졌으니까.

그러나 문제는 누가 자신들과 대련을 할 수 있는가였다.

자신들은 슈넬덴의 수석 기사들.

그런 그들과 대등하게 겨룰 수 있는 이들이 가문에 있을

리가 없었다.

루크도 수석 기사들의 생각을 다 알고 있었는지, 먼저 이야기해 주었다.

"상대는 걱정하지 마."

딱.

루크가 누군가를 부르듯 신호를 주었다.

그러자 뒤쪽에서 사람들이 우르르 나왔다.

그들은 본 수석 기사들은 고개를 갸웃했다.

"테오 사단이 아닌가?"

"너희가 어째서 이곳에 있는 거지?"

그 질문에 대한 대답은 루크가 대신해 주었다.

"방금 말했잖아. 너희 상대라고."

"테오 사단이 저희를 상대한다는 말씀입니까?"

수석 기사들은 인상을 찌푸렸다.

그 실력 차가 너무나 컸기 때문이다.

분명 저들은 악투스가 상급 기사와의 대결에서 승리한 적이 있긴 했다.

그러나 그들은 어디까지나 상급 기사들.

수석 기사와 상급 기사 사이에는 결코 넘볼 수 없는 벽이 있었다.

아무리 설풍검을 배우기 위한 실전이라고 하더라도, 애당초 대련의 격이 맞지 않았던 것이다.

"나도 실력 차는 알고 있어. 그래서 테오 사단 7명에서 수석 기사 한 명씩을 상대할 거야."

"단체로 상대한다고 해도 마찬가지입니다. 테오 사단의 3봉이 없으면 저희에게 상대가 안 될 겁니다."

테오 사단의 3봉.

그것은 테오 사단 중에서도 압도적인 실력을 보이는 테오와 브리데커, 엘린을 뜻하는 말이었다.

수석 기사들도 그들의 실력만큼은 인정하고 있었다.

"말씀 중에 죄송한데, 그렇게 쉽지는 않을걸요."

그때 테오 사단의 엔이 그들의 대화에 끼어들었다.

"음? 지금 뭐라고 했지?"

"3봉이 없어도 저희를 그렇게 쉽게 이기지 못할 거라고요."

"자존심은 상대를 봐 가면서 세우거라. 지금은 네가 끼어들 곳이 아니다."

설풍검을 배우면서 알게 모르게 루크에게 자존심이 상한 게 있어서였을까.

수석 기사들은 테오 사단을 향해 기세를 피웠다.

그러나 지금껏 루크라는 괴물이랑 함께 생활해 온 그들에게 고작 그 정도 기세는 통하지 않았다.

"자존심만 내세우는 거 아닙니다. 저희도 준비를 꽤 많이 하고 왔거든요."

"아무리 준비를 많이 했다고 하더라도, 그 차이를 쉽게 좁힐 수는 없는 것이다."

"그렇게 말해 놓고 나중에 가서 지면 어떻게 하려고 그러십니까?"

"뭐라?"

"다들 잠깐만."

점점 분위기가 격해지자, 루크가 그 사이로 끼어들었다.

'테오 사단 놈들도 일단 들이받고 보는 놈들이 됐네……'

물론 윗물이 맑아야 아랫물이 맑은 법이라고, 테오 사단이 저렇게 된 데는 자신의 영향이 가장 큰 게 맞았다.

그래도 이렇게 냅다 수석 기사들을 들이받을 줄이야.

"분위기가 과열되는 것 같으니 내가 중재할게."

"……"

루크가 끼어들자 둘 다 뒤로 물러났다.

"물론 수석 기사와 초중급 기사들 사이에 전력 차가 크다는 건 알고 있어. 하지만 테오 사단도 그동안 준비한 게 있거든. 그걸 교류하는 자리라고 생각하면 돼."

"어떤 준비를 한 겁니까?"

"합격진이야."

"합격진요?"

수석 기사들은 고개를 갸웃했다.

합격진이란 여러 명의 기사들이 하나의 진을 이뤄 싸우는 방식이었다.

그러고 보니 몇 달 전 테오 사단이 악투스와 붙을 때 사용했던 것도 합격진이었다. 아마 그때 악투스를 이겼던 자신감이 지금까지 남아 있는 것이리라.

그들도 테오 사단이 합격진을 이용해 악투스의 상급 기사들에게 승리한 걸 잘 알고 있었다.

"합격진은 사람들의 숫자가 많아질수록 난이도가 기하급수적으로 올라갑니다. 7명이 한 조라면 절대 좋은 협동 공격이 나오지 않을 겁니다."

"그건 걱정 마. 악투스와의 대련이 끝나고 나서부터 내가 합격진만 연습했거든. 아마 붙어 보면 알 거야."

"끄응…… 알겠습니다."

"그럼 이야기 됐으니까 다들 바로 준비해."

"예!"

수석 기사들은 여전히 떨떠름한 얼굴로 자신의 상대 앞에 섰다.

"7인 합격진 포메이션 A로 시작!"

각 조의 조장이 외치자 테오 사단이 일사불란하게 움직였다.

수석 기사들도 그 모습을 보며 내심 놀랐다.

그 준비 동작부터 한 몸처럼 움직인다는 표현이 딱 떠올랐기 때문이다.

루크도 흐뭇하게 그 모습을 바라보았다.

준비 동작만 보더라도 알 수 있었다.

그들이 수석 기사와 제법 싸움이 될 거라는 것을.

'합격진만 연습시킨 보람이 있네.'

하지만 루크도 예상하지 못한 게 있었으니…….

"반드시 수석 기사들의 대가리를 깨 버린다! 알겠나?"

"예!"

자신에게 수련받은 녀석들은 하나같이 점점 '루크'화되어 간다는 것이다.

"뭐? 대가리를 깨? 오냐, 우리야말로 너희 대가리를 깨 주마."

수석 기사들도 그 도발에 넘어갔다.

'뭔가 잘못된 것 같긴 한데…….'

루크는 어깨를 으쓱했다.

무슨 상관이겠는가.

가문이 빠르게 강해지기만 하면 됐지.

그리고 잠시 후 주연무장에서는 전쟁을 방불케 하는 기합 소리들이 들려왔다.

수석 기사들과 테오 사단의 대련은 그 뒤로도 몇 달간 계속되었다.

사락-!

라히츠의 검에서 새하얀 눈송이가 피어났다.

처음 루크에게 지도를 받아 가며 피워 냈던 눈송이와 겉보기에는 큰 차이가 보이지 않았다.

하지만 명확한 차이점이 있었으니…….

"설풍검을 완성하기 전에 먼저 친다!"

코앞에 자신을 노리고 득달같이 달려드는 상대가 있는 상황이라는 것이었다.

그저 무학으로서만 배운 설풍검이라면, 굳이 이런 환경을 조성할 필요는 없었다.

최대한 정신을 집중하고 모든 초식을 곱씹어 가며, 선조들의 깨달음까지 이해한 상태로 휘두르는 것이 더 선명한 눈송이를 그려 낼 수 있을 테니까.

그러나 루크는 수도 없이 강조했다.

지금의 슈넬덴에 실전에서 쓰지 못하는 검 따위는 사치라고.

수석 기사들은 그런 루크의 방침에 따라 실전 중에 눈송이를 피워 내는 수련을 계속했다.

그 결과가 바로 이것이었다.

설풍검 1식 혹한의 일섬.

쏴아아아아아!

눈송이가 일제히 테오 사단을 향해 덮쳐들었다.

이 정도면 루크가 충분히 합격점을 줄 만한 설풍검이었다.

비단 라히츠뿐만이 아니었다.

여기저기서 눈송이가 피어났다.

슈넬덴의 수석 기사들이 드디어 실전에서도 설풍검을 사용할 수 있는 경지까지 올랐다는 의미.

그러나 그동안 발전한 것은 수석 기사들뿐만이 아니었다.

"F 포메이션!"

라히츠를 상대하던 브리데커가 지시를 내렸다.

그러자 일곱 명의 기사들이 거의 한 몸처럼 움직였다.

그것은 빙우검의 초식.

그들이 뿌려 댄 빙우가 하나로 뭉치더니 빙벽을 만들어 냈다.

진을 이루고 있는 검들이 완벽하게 동일한 검로를 보이지 않았더라면, 저런 빙벽을 만들어 내는 건 불가능했을 것이다.

혹한의 일섬과 빙벽이 부딪쳤다.

카가가가가각.

과연 이것이 목검으로 이루어지는 대련이 맞는지 의심이 될 정도의 광경.

그러나 테오 사단은 그저 방어하는 선에서 끝이 아니었다.

"G 포메이션!"

브리데커의 명령이 떨어지자, 합격진의 검들이 각기 다르게 움직이기 시작했다.

일곱 개의 검이 일제히 움직여 방벽을 만들어 냈다면, 이번에는 모든 검이 각기 다르게 움직여 상대를 공격하는 것이다.

따다다닥.

라히츠는 눈송이를 피워 내며 일곱 방향에서 들어오는 모든 검을 막아 냈다.

그걸 막아내는 라히츠의 이마에 송골송골 땀이 맺혔다.

'분명 각기 다른 움직임인데, 그 어떤 검도 동선이 겹치지 않아.'

차라리 하나의 검처럼 움직이는 것이었다면, 방어가 더 쉬웠을지도 몰랐다.

사람의 눈이란 반복되는 움직임에 적응하는 법이니까.

그러나 일곱 개의 검이 제각기 다른 속도와 검로로 다가오니 눈에 익으려야 익을 수가 없었다.

하는 수 없이 모조리 순간의 감으로 쳐 내는 수밖에.

'저 녀석들도 대단하긴 하군.'

제각기 다른 일곱 개의 검이 조금도 겹치지 않고 공격하다니.

그 역시 합격진을 배운 적이 있었기 때문에 알고 있었다.

지금 저게 얼마나 해내기 어려운 일인지.

게다가 대련을 거듭할수록 저 합격진의 완성도가 더욱 높아지고 있었다.

그렇기에 자신들의 설풍검이 발전하고 있음에도, 여전히 저 합격진을 무너뜨리지 못하는 것이겠지.

라히츠는 그제야 루크가 어째서 이런 방식의 수련을 도입했는지 알 것 같았다.

'서로가 서로에 의해 발전한다는 건가?'

아마 무가로서 가장 바람직한 성장의 방식일 것이다.

문제는 그 정도로 밸런스를 맞게 상대를 배치하는 게 쉬운 일이 아니라는 것이지.

이 정도로 완벽히 밸런스를 맞추는 건 불가능한 것일지도 몰랐다.

'그런데 그걸 공자님이 해내신 거지…….'

루크의 능력에 대해 날이 갈수록 감탄하는 그였다.

하지만 치열한 전투 속에서 다른 생각을 한다는 건 곧 패배를 의미하는 법.

"지금 한눈을 파신 겁니까!"

따악!

브리데커의 목검이 그의 팔목을 때렸다.

라히츠의 검로가 흐트러지는 순간.

따다다다다닥!

여섯 개의 목검이 그의 몸 구석구석을 때렸다.

"끄으윽!"

결국 라히츠 쪽이 무릎을 꿇었다.

브리데커가 그런 라히츠를 향해 말했다.

"오늘이 라히츠 경과는 마지막 대련이었죠? 이건 저희가 이긴 겁니다."

라히츠가 억울함이 잔뜩 담긴 눈으로 브리데커를 보았다.

"내가 열 판도 넘게 이기지 않았느냐? 이제야 고작 한 판을 이긴 것 가지고 그러느냐?"

"그래도 마지막에 졌으면 진 거죠."

"다, 다시 붙자! 방금 건 실수였다!"

"절대 다시 안 붙을 겁니다!"

브리데커는 곧장 일행을 이끌고 가 버렸다.

그를 보는 라히츠는 분함을 참지 못하고 머리를 쥐어뜯었다.

"풉!"

루크는 지붕 위에서 그들의 수련을 한눈에 보고 있었다.

처음에는 전체적으로 테오 사단이 밀리는 추세였는데, 최근 들어서 그들이 이기는 경우도 많이 나오고 있었다.

그러다 보니 지금껏 단 한 번도 패배를 허용하지 않던 라히츠까지 뜻밖의 패배를 당한 것이다.

'그만큼 두 집단의 실력 차가 많이 줄었다는 의미겠지.'

가문 입장에서 봤을 때, 아주 바람직한 현상이었다.

'이 정도까지 왔으면, 이젠 굳이 밸런스를 맞춰 주기 위해 녀석들을 안 살펴보고 있어도 되겠어.'

루크는 지붕 위에서 건물 뒤쪽으로 가볍게 뛰어내렸다.

'이제 나도 내 일을 좀 할 수가 있겠네.'

한동안 루크는 자기 시간을 거의 쓸 수가 없었다.

삭풍대의 정보를 토대로 다음 전략을 구상하는 것.

테오 사단에게 합격진을 가르치는 것.

이 두 가지만으로도 이미 하루가 부족할 정도였는데, 거기다 수석 기사들에게 설풍검을 가르치는 일에 비전 연구소에 다음 설풍검에 대한 힌트를 주는 것까지 추가되었다.

상황이 이렇다 보니, 정작 루크 본인이 수련할 시간이 많이 부족해졌다.

이제는 그동안 미뤄 두었던 일들을 처리할 때였다.

가장 먼저 할 일은 뻔했다.

'악투스와의 대련에서 얻은 것들을 소화하는 거지.'

루크는 곧장 백은관으로 향했다.

언제나 사람들의 비명이 가득하던 백은관이었지만, 최근에는 고요했다.

이곳에서 수련하던 테오 사단은 지금 주연무장에서 수석 기사들과 대련을 하고 있었으니까.

그런 백은관의 적막을 깨트리는 파공음이 들려왔다.

휘웅, 휘우웅.

벨무스의 새하얀 검기가 허공을 수놓았다.

여전히 민첩하면서도 화려한 움직임.

그야말로 슈넬덴의 검을 상징하는 듯한 모습이었다.

그러나 이전과는 조금 달라진 게 있었다.

루크의 검로에서 마치 상대를 찍어 누를 듯한 패기가 느껴지기도 했다.

민첩한 검에 패기라니.

어딘가 부자연스러운 조화처럼 보이기도 했다.

그도 그럴 것이, 이건 바로 악투스와의 대련에서 배운 힘의 순환을 슈넬덴의 검술에 접목한 것이니까.

'악투스와의 대련에서 예상치 못하게 얻은 성과지.'

힘의 순환은 자신이 가진 힘을 효율적으로 사용하는 방법이라는 점에서 과거 생에서부터 관심이 가던 묘리였다.

다만 그때는 이렇게 힘의 순환을 마음 놓고 분석할 만한 기회가 없었다.

힘의 순환이라는 건 워낙 악투스 기사들의 몸에 자연스럽게 녹아 있어서, 억지로 흐름을 뒤틀 만큼의 강적이 아니면 웬만해서는 관찰하기 어려웠다.

그리고 당시의 강적이라고 하면 누구이겠는가.

마룡 토벌이 한창이었으니, 당연히 마룡의 수하들이었다.

전투 중에 몇 번 분석해 보려고 했지만, 그러다 고작 와이

번한테 죽을 뻔한 이후로, 힘의 순환을 분석하는 걸 그만두었다.

그러다 이번 대련 덕분에 그는 비로소 힘의 순환에 대해서 자세히 관찰하고 분석할 수 있었던 것이다.

'이걸로 악투스와의 대련에서 얻을 수 있는 건 다 얻었네.'

루크가 이토록 다른 가문의 기술들에 관심을 가지는 이유는 하나였다.

지금의 슈넬덴은 예전의 영광을 그대로 되찾는 수준에서 멈추면 안 되었으니까.

슈넬덴은 최전성기라 불리던 시절에도 코넬리오를 가까스로 넘을 수 있을 정도였다.

지금에 와서 과거 슈넬덴이 가지고 있던 모든 힘을 되찾는다고 하더라도, 그래 봐야 200년 전과 똑같은 상황이 반복될 뿐이다.

지금의 슈넬덴은 과거의 슈넬덴을 뛰어넘어야 했다.

그래야만 슈넬덴은 200년 전과 같은 비극 없이 오래도록 번성할 수 있을 테니까.

루크가 항상 슈넬덴에 없는 것들을 계속해서 적용하려고 하는 것도 그런 이유에서였다.

그 시도 중 하나가 바로 악투스의 힘의 순환을 슈넬덴의 검에 접목시키는 것.

아직은 어설픈 수준이었지만, 잘만 조화시킨다면 슈넬덴

검술의 단점 중 하나인 '힘'을 보완할 수도 있으리라.

물론 서로 다른 성향을 가진 검술을 섞는다는 것이 쉽지는 않겠지만, 계속 보완하다 보면 언젠가 길이 보이리라.

'평범해서는 벽을 넘을 수 없으니까.'

루크가 가훈을 되뇌며 다시 수련에 매진하고 있을 때였다.

루크의 고개가 한쪽으로 돌아갔다.

아직 아무도 보이지 않았지만, 루크는 이곳으로 오고 있는 이가 누구인지 알 수 있었다.

"래비, 오랜만이네. 요즘 북부는 거의 안 들어오는 것 같더니."

"공자님께 직접 전달해 드릴 정보가 있어서 왔습니다."

"나한테 직접?"

루크가 고개를 갸웃했다.

래비는 지금 동부, 북부, 서부를 잇는 상로를 총괄하느라 눈코 뜰 새 없이 바빴다.

연락 수정구나 삭풍대를 이용하는 것이 훨씬 더 편했을 텐데도 이렇게 직접 찾아오다니.

"예, 보안이 좀 중요해서요."

"그럼 말해 봐."

"제가 서부의 거래처에 들렀다 오는 길에 작은 마을에서 들은 이야긴데 말입니다……."

래비는 말끝을 흐렸다.

여전히 뭔가 고민을 하고 있는 듯한 태도였다.

그러던 그는 결국 침을 한 번 꿀꺽 삼키고는 입을 열었다.

"본인을 슈넬덴의 적통이라고 말하고 다니는 자가 나타났습니다."

"뭐?"

루크의 눈빛에 순간적으로 살기가 돌았다.

그 살기에 래비는 헛숨을 들이켰다.

"슈넬덴이 잘나가기 시작하니까 여기저기서 날파리들이 기어 나온다 이거지?"

가문을 부활시킬 때부터 어느 정도 예상했던 것이긴 했다.

그런 녀석들에 대해서는 적당히 지켜보는 선에서 끝내려고 했다.

오히려 그런 날파리들이 움직이는 게 사람들에게도 슈넬덴이 부활했음을 보여 주는 방증이 될 수도 있었기 때문.

그저 그 선을 넘는다 싶으면, 그때 가서 사람을 보내 경고하는 정도로 정리하려고 했었다.

그런데 뭐?

적통이라고 우겨?

이건 도저히 그냥 넘겨 줄 수가 없는 정도였다.

"그딴 개소리를 나한테 전할 정도면, 그놈이 그냥 지껄이는 수준은 아니라는 거네?"

"그렇습니다. 일단 외모부터가 짙은 남색 머리에 검은색 눈을 가지고 있었습니다."

그러면서 래비의 눈이 루크의 머리 쪽을 향했다.

그렇다.

남색 머리와 검은색 눈은 슈넬덴의 피를 진하게 물려받았 다는 증거였으니까.

"확실히 신경 쓰이긴 하네."

"그뿐만이 아닙니다."

"또 있다고?"

"근데 이게 제 입으로 담기 좀 불경한지라……."

"빨리 말해."

루크의 재촉에 그는 하는 수없이 입을 열었다.

"그자가 말하길 자신이 설풍검제가 인정한 적통이라고 했 습니다."

"설풍검제?"

루크는 잠깐 멍해졌다.

설풍검제?

그건 바로 전생의 자신을 말하는 게 아니던가?

"그러니까 그놈이 200년 전 설풍검제가 인정한 후계라는 거지?"

"그렇습니다."

루크의 눈에서 스파크가 튀겼다.

"어디야?"

"예?"

"그 새끼가 있는 곳이 어디냐고?"

"서부의 호카라는 곳입니다."

"호카라……."

루크는 몸을 일으켰다.

그의 얼굴은 미소를 머금고 있었다.

사람의 화가 머리끝까지 나면, 오히려 차분하게 변한다고
했던가.

지금 루크의 표정이 바로 그 상황 같았다.

"어, 어떻게 하실 생각입니까?"

"뭘 당연한 걸 물어?"

루크의 미소가 한층 더 진해졌다.

"당장 가서 그 새끼 면상을 후려갈겨야지."

 루크는 곧장 율리안에게 달려갔다.

 마음 같아서는 당장이라도 호카로 가서 그 적통이라는 놈의 면상을 보고 싶었지만, 어쨌든 현재 가문의 가주는 율리안이었다.

 가문의 후계와 관련한 문제인 만큼 가주인 그에게 알리는 것이 먼저다.

 '……라고 래비가 말했지?'

 만약 래비가 그렇게 말하며 루크를 말리지 않았더라면, 루크는 그길로 본가를 뛰쳐나갔을지도 몰랐다.

 다행히 래비의 만류 덕분에 루크는 먼저 본관에 찾아온 것이다.

래비가 미리 말해 둔 건지, 가주실에는 테오도 미리 와 있었다.

"무, 무슨 일이냐?"

루크가 뿜어대는 기세에 율리안과 테오가 움찔했다.

"웬 간땡이가 부은 놈이 감히 슈넬덴을 사칭하고 다닌대요."

"사칭이라니? 더 자세히 말해 보거라."

"그게 그러니까……."

루크는 래비로부터 전해 들은 이야기를 말해 주었다.

이야기를 모두 들은 율리안과 테오는 턱을 쓰다듬었다.

"슈넬덴의 적통을 주장하는 사람이 나타났다는 것이냐?"

"네! 래비가 똑똑히 들었답니다."

"그 적통이라는 게 200년 전, 설풍검제의 선택을 받은 진짜 후계라는 거고?"

루크는 대답 대신 고개만 끄덕였다.

여기서 입을 열면 정말로 쌍욕이 튀어나올 것 같았기 때문.

"허어……."

"시켜만 주세요. 제가 가서 그 새끼 면상을 후려갈기고 올 테니까요."

"잠깐 기다려 보거라."

율리안의 표정이 심각해졌다.

그는 머릿속을 뒤지고 또 뒤졌지만, 아무리 생각해도 호카

쪽에 슈넬덴의 혈족이 있다는 소리는 들어 본 적이 없었다.

'정말로 그냥 사칭범인 건가?'

악투스와의 대련에서까지 승리하면서 슈넬덴의 위상은 하늘 끝까지 올라갔다.

당연히 그 명성을 이용하기 위해 사칭하는 이들도 나타날 수밖에 없을 터.

'하지만 그저 사칭범이 아니라 정말로 설풍검제의 적통이라면…….'

율리안은 그런 상황만은 피하고 싶었다.

어째서냐고?

"자칫하면 200년 전의 비극이 다시 벌어질지도 모르겠구나."

"200년 전의 비극요?"

루크가 고개를 삐딱하게 꺾었다.

이야기를 듣고 있던 테오도 침을 꿀꺽 삼켰다.

"그래, 슈넬덴이 몰락의 길을 걷게 된 직접적인 이유 말이다."

"……."

루크는 한동안 잊고 있던 기억을 끄집어 냈다.

테오에게 가문이 이 지경이 된 이유를 물었을 때의 기억 말이다.

－그때 그 ×신들이 병력과 군자금을 모으려고 비전서
며, 주석서며 다 갖다 팔았어. 자기 쪽에 합류하면 그것들
을 다 주겠다면서 말이야.

루크의 미간에 깊은 주름이 파였다.

"내전 때문이었죠."

"그래, 설풍검제의 타계 후 당시 소가주셨던 카딘 님이 갑
자기 실종되시면서 남은 후계자들끼리 내전을 벌였지."

남은 다섯 명의 후계자가 가주 자리를 놓고 오랫동안 내전
을 벌이는 탓에 슈넬덴의 힘은 급격히 약해졌고, 그 과정에
서 슈넬덴이 가지고 있던 재산과 비전서가 모두 사라졌다.

그야말로 슈넬덴에게 있어서는 절대 잊지 못할 비극.

그렇기에 슈넬덴의 사람은 내전이라는 말만 들어도 소스
라칠 수밖에 없는 것이다.

"그자가 정말 설풍검제의 적통한 후손이고 자신의 권리를
주장하려 한다면, 슈넬덴은 또다시 내전에 휘말릴 게다."

"걱정하시는 건 알겠지만, 아무리 그래도 고작 서부 깡촌
에서 슈넬덴의 후손이라고 지껄이는 놈이 나타났다고 가문
전체가 휘청거릴 만큼의 내전이 벌어질까요?"

가만히 듣고 있던 테오가 질문했다.

"당연히 그놈 한 명이면 문제가 안 되겠지. 근데 그 주변
에 따라붙는 자들이 생길 테니까 골치가 아파지는 거란다."

"따라붙는 자들이요?"

"슈넬덴을 눈엣가시로 여기는 가문들은 지금이 절호의 찬스라고 여길 것이다. 그자를 앞세우기만 하면 슈넬덴을 공격할 명분이 너무나 쉽게 생기는 것이니까."

원래 빠르게 치고나갈수록 주변에 적은 많아지는 법.

최근 슈넬덴의 폭풍 성장으로 슈넬덴을 경계하는 가문들이 많아졌다.

그놈들이 한마음 한뜻으로 그 사칭범에 힘을 보탠다면, 슈넬덴은 또다시 큰 내전을 치를 수밖에 없다.

설령 그 전쟁에서 승리한다고 하더라도, 그 피해를 감수해야 할 테지.

원래 내전이라는 건 패한 쪽이나 승리한 쪽 모두 피해를 입는 잔혹한 전쟁이었으니까.

"슈넬덴은 이제야 꺾였던 날개를 이어 붙이고 날아오르는 중이다. 이런 때에 내전이 일어난다면, 우리의 부활이 언제 꺾이게 될지도 모른다."

그 말에 루크가 손을 번쩍 들며 자신을 가리켰다.

"그러니 제가 다녀올 테니까 허락해 주시죠."

"그건 안 된다."

율리안은 단호하게 거절했다.

"왜 안 되는데요?"

"만약 네가 갔는데, 그자가 평범한 사칭범이면 어쩌겠느냐?"

"당연히 조져야죠. 다시는 슈넬덴을 발음하지 못하게 혀를 반쯤 잘라 둘까요?"

"크흠, 그럼 진짜 적통이라면 어찌할 테지?"

"똑같이 조져야죠. 가문 힘들 때는 산 한구석에 짱박혀 있다가, 가문이 잘나가려고 하니까 이제야 슬금슬금 기어 나오느냐고 하면서요."

"그러니까 안 된다는 것이다."

율리안이 한숨을 푹 내쉬었다.

"네가 어떤 대화도 없이 다짜고짜 그 적통을 조져 버리면, 다른 가문들은 그걸 핑계 삼아 더 강하게 우리를 압박하지 않겠느냐?"

"끄응······!"

루크가 관자놀이를 꾹 눌렀다.

예전 같았으면 다른 가문이 쳐들어오든 말든 조금도 신경쓰지 않았을 테지만, 지금은 상황이 달랐다.

율리안의 말대로 내전으로 번졌다가는 비상하던 슈넬덴이 또다시 고꾸라질 수도 있었다.

"그럼 어떻게 하시려고요?"

"일단 가서 확인부터 하자꾸나. 사칭범이라면 네 말대로 다시는 그런 소리를 하지 못하도록 일벌백계해야 할 테지."

"확인해 봤는데 사칭범이 아니라면요?"

"그럼 최대한 대화로 해결해야겠지. 다른 가문들이 괜히 꼬투리를 잡지 못하도록."

"대화가 통할 놈이었으면 애당초 인제 와서 모습을 드러내지도 않았을걸요."

루크는 못마땅한 듯 입을 삐죽 내밀었다.

하지만 루크가 잊고 있던 게 있었으니, 율리안도 슈넬덴의 피를 물려받은 후손이라는 것이다.

지금까지는 가문의 사정상 그런 본능이 가려져 있었다지만, 최근에는 그 모습이 자주 드러났다.

"혹시 또 모르지. 대화를 하다가 갑자기 의식을 잃고 눈떠 보니, 슈넬덴 본가로 옮겨져 있을지도."

"와우, 그럼 아예 내전의 명분조차 만들지 않을 수 있겠군요."

루크도 이번에는 율리안의 방법을 인정했다.

자신은 그저 살인멸구할 생각밖에 없었는데, 율리안은 그것보다 더욱 비겁한(?) 수를 구상하고 있던 것이다.

"루크, 너만 보냈다가는 차에 약을 타기도 전에 먼저 검부터 휘두르지 않을까 싶구나."

"에이, 어차피 형도 갈 거니까 너무 걱정 마세요."

"테오가 같이 가니까 더 걱정되는 거란다."

"……."

형제는 서로의 얼굴을 바라보았다.

그들도 율리안의 말에 뭐라 반박하기가 어려웠다.

"그럼 어떻게 하시게요? 그렇다고 다른 이들을 보냈다가 그놈이 정말 적통이기라도 하면 상황이 더 복잡해질 텐데."

그것도 맞는 말이었다.

그 사칭범이 정말 적통이라면, 슈넬덴의 가신 기사 신분으로는 어찌할 수가 없을 테니까.

여러모로 루크 형제가 가는 것이 적합해 보였다.

"하는 수 없지, 테오 사단의 3봉과 루크를 호카로 보내마. 단!"

율리안이 몸을 일으켰다.

"나도 너희와 함께 가겠다."

그러자 테오가 깜짝 놀랐다.

"아버지께서요?"

"그래, 무슨 문제라도 있느냐?"

"그건 아니긴 한데……."

그는 루크를 슬쩍 보았다.

루크와 함께 어딘가로 간다는 건 그 여정에 수련도 포함되어 있다는 의미였으니까.

'아무리 그래도 아버지한테 그런 수련을 시킬 건 아니지?'

눈빛으로 물어봤지만 루크는 의미심장한 웃음만 지을 뿐이었다.

'에이, 아닐 거야.'

테오는 애써 그 생각을 부정했다.

아무리 루크가 막돼먹은 놈이라고 해도, 설마 아버지에게
까지 그러지는 않을 것이다.

"왜, 무슨 일이 있느냐?"

"아무것도 아니에요."

"그렇다면 얼른 채비하거라. 사칭범의 소문이 다른 가문
의 귀에 들어가기 전에 얼른 움직이자꾸나."

율리안은 준비를 위해 가주실을 나갔다.

테오는 그 뒷모습을 보며 조용히 기도했다.

'부디 아버지께서는 루크의 피해자가 되지 않으시길……'

하지만 그도 알고 있었다.

루크식 수련에서는 가주든, 하인이든 모두 평등하게 구른
다는 것을.

❦

서부의 소도시 호카.

어두컴컴한 방.

그곳에서는 진한 향내가 풍겨 오고 있었다.

일렁이는 촛불 뒤쪽으로 초상화가 여러 점 걸려 있는 게
보였다.

아마 슈넬덴의 누군가가 저 그림들을 봤다면 경악했을 것
이다.

그 그림들은 슈넬덴의 역대 가주들이 그려진 그림이었으니까.

슈넬덴을 처음 만든 초대 가주부터 슈넬덴의 최전성기를 이뤘던 설풍검제 루크까지.

이렇게 슈넬덴 가주들의 초상화가 걸려 있으니, 꼭 설풍의 전당을 떠올리게 할 정도였다.

척, 척, 척.

그리고 그 방 안으로 누군가 들어왔다.

겉으로 보기엔 평범해 보이는 사내.

그러나 그 외모가 눈에 띄었다.

짙은 남색의 머리와 검은 눈.

그리고 매서운 눈매는 슈넬덴의 혈족을 떠올리게 했다.

스윽-!

그는 손에 들고 있던 향을 한 초상화 앞에 꽂더니, 곧바로 예를 취했다.

그러나 그 초상화는 슈넬덴의 역대 가주들 중에서는 본 적이 없던 자였다.

어떻게 보면 당연했다.

그 초상화 속 주인공은 공식적으로 슈넬덴의 가주가 된 적이 없는 자였으니까.

카딘 슈넬덴.

바로 루크의 여섯 자식 중 한 명이자, 루크가 마롱 토벌을 떠나기 전 자신의 뒤를 이을 후계자로 선언했던 아들이기도 했다.

사내는 결연한 눈빛으로 카딘의 초상화를 향해 말했다.

"이제 곧 슈넬덴에서 사람들이 올 것 같습니다. 슈넬덴의 입이자 눈과도 같은 래비가 이 근처를 지나갔으니, 저에 대한 소식도 함께 전해졌을 테지요."

당연히 그림 속 사내로부터는 아무런 대답도 들려오지 않았다.

그러나 사내가 보기에는 그림 속 카딘이 자신이 걱정해 주는 것 같았다.

"걱정 마세요. 저는 200년 전의 같은 실수를 반복하지 않을 거니까요."

사내는 잠시 눈을 감고 묵념을 하고는 다시 몸을 일으켰다.

그의 눈빛은 더욱 굳건하게 빛나고 있었다.

그건 절대 사기꾼의 그것 같아 보이지 않았다.

"슈넬덴의 이름은 제가 지키겠습니다."

그는 몸을 돌려 방을 나섰다.

방문을 열자마자 그의 결연했던 눈빛은 사라졌다.

그 대신 그곳에는 초점을 잃은 듯한 공허한 눈빛만이 남아 있었다.

"일리아스 공!"

밖에서는 한 중년이 사내를 기다리고 있었다.

"아, 데이먼 공, 여기까지 올 필요 없다고 하지 않았소."

"그럴 수야 있겠습니까? 저희 코넬리오가의 기사들은 호위 대상에게서 한순간도 눈을 떼지 않소이다."

사내는 자신의 가슴에 새겨진 금사자 문양을 가리키며 말했다.

"허허, 코넬리오의 최연소 장로가 나를 호위해 주다니 참으로 든든하오."

"그래서 선조들께 인사는 잘하고 나오셨소?"

"그렇소. 현조부께서도 나를 응원하시는 것 같더군."

"허허, 공을 응원하는 게 어디 현조부뿐이겠소? 본가의 가주께서도 공이 빼앗긴 슈넬덴을 되찾길 응원하고 있소."

데이먼은 음침한 미소를 지었다.

"그래서 이제 어디로 가면 되오?"

"이미 이 근방의 세력과는 모두 이야기를 끝내 두었소. 이제 한 곳만 남았지."

"도리안가를 말하는 것이오?"

일리아스의 질문에 데이먼이 고개를 끄덕였다.

"도리안가만 설득한다면 이제 필요한 세력은 다 모으는 것이오. 그 후부터는 코넬리오에 맡겨 주시오."

"그럼 출발하도록 하지."

일리아스는 여전히 초점 없는 눈을 한 채로 앞장섰다.

데이먼은 더욱 음침한 미소를 지으며 일리아스의 뒷모습을 바라봤다.

"모든 것은 코넬리오의 뜻에 따라."

그는 나지막이 중얼거리고는 일리아스를 쫓아갔다.

❦

도리안가의 가주전.

"그러니까 사실은 일리아스 공께서 슈넬덴의 적통이다 이 말이지요?"

"그렇소. 설풍검제로부터 적법한 권리를 인정받은 유일한 후계자 카딘 슈넬덴. 그분이 제 현조부이오."

도리안의 가주는 의심스러운 눈으로 그를 보았다.

현재 슈넬덴은 대륙에서 가장 활발히 이름을 떨치고 있는 가문. 대뜸 나타나서 그런 가문의 적통이라고 소개하는 자의 말을 어떻게 믿을 수가 있겠는가.

평소 같았으면 콧방귀도 끼지 않고 저자를 내쫓았을 것이다.

아니, 그전에 애당초 이곳으로 발조차 들이지 못했겠지.

하지만 그 말을 믿을 수밖에 없는 이유가 있었다.

"슈넬덴의 형제들은 설풍검제가 전사하자마자 곧장 내전을 일으켜, 적법한 후계자인 카딘 슈넬덴 경을 밀어내고 그의 후계자 자리를 찬탈하였소. 지금의 코넬리오는 바로 그 찬탈자의 후손이 차지하고 있지. 이는 코넬리오가에서 보증하는 사실이오."

일리아스라는 사람 옆에 있는 코넬리오의 기사.

그자가 바로 코넬리오의 최연소 장로 데이먼이었으니까.

"대영웅과 설풍검제가 둘도 없는 벗이었다는 것은 가주께서도 잘 알 것이오. 코넬리오는 대영웅의 후손으로서 그분의 절친한 벗인 설풍검제의 유지 또한 지켜 주려 하오."

"그렇군요."

도리안 가주는 평소 눈치가 빠른 이였다.

확실한 패자가 없는 서부에서 가주로 살아가기 위해서는 이 정도 눈치는 필수적인 소양이기도 했다.

그리고 그는 지금의 상황을 확실하게 파악했다.

'코넬리오가 저자를 이용해 슈넬덴을 삼킬 생각이구나.'

대영웅과 설풍검제의 친우 관계도 있으니, 그것만으로도 이미 명분은 다 채우고도 남았다.

여기에 일리아스에게 적당한 세력만 쥐여 준다면, 슈넬덴을 공격하고 싶어 하던 다른 가문들도 쉽게 모여들 테지.

'그리고 그 적당한 세력이 바로 도리안가를 포함한 이 근방의 가문과 도시 들이라는 거지?'

그래서, 자존심이 상하느냐고?

그럴 리가 있겠는가!

오히려 이건 도리안가에 기회였다.

코넬리오에게 줄을 댈 수 있는 절호의 기회 말이다.

서부의 중소 가문이 언제 코넬리오의 장로와 독대할 기회가 있겠는가?

'이런 기회를 놓칠 수는 없지.'

결정을 내렸으면 행동은 빨라야 하는 법.

도리안은 곧바로 분기탱천한 표정을 지었다.

그러면서 일리아스의 손을 덥석 잡았다.

"듣기만 해도 참으로 통탄스러운 일이군요! 지금까지 분한 마음을 어찌 참으셨습니까?"

그는 아예 눈물을 찔끔 흘리기까지 했다.

"이 시대를 살아가는 인류는 모두 대영웅과 설풍검제의 덕을 본 이들이지요. 그리고 우리 도리안가는 은혜를 절대 잊지 않는 가문입니다. 그런 도리안가의 가주로서 이는 도저히 그냥 넘길 수가 없군요."

"그 말은 나와 함께해 주겠다는 것이오?"

"물론이지요! 본인의 후손이 원래 자리를 되찾는 걸 봐야 설풍검제께서도 천계에서 마음 편히 안식을 취하실 테지요."

"고맙소, 나 역시 이 은혜를 잊지 않겠소."

"어휴, 제가 자발적으로 돕는 일이니 괘념치 마시지요. 그래서 제가 무엇을 도우면 되겠습니까?"

그의 말에 대답한 건 일리아스가 아니라 데이먼이었다.

"일단 병력을 내주길 바라오."

"물론이지요. 또 필요한 건 없습니까요?"

도리안은 오히려 일리아스에게보다 더욱 공손한 태도로 말했다.

"우리는 만일을 대비해 코넬리오의 은사자 기사단과 철사자 기사단을 지원받으려 하고 있소. 한데 그 기사들이 머물 장소가……."

"그렇다면 도리안가의 본가는 어떻겠습니까?"

도리안 가주는 일리아스의 말이 채 끝나기도 전에 제안했다.

"음?"

"제 입으로 이런 말을 하긴 좀 부끄럽지만, 아마 이 근방에서는 저희 가문보다 큰 본가 건물을 찾기는 어려울 겁니다. 아마 은사자들도 만족할 겁니다."

"크흠, 가주께서 그렇게까지 말한다면……. 알겠소, 은사자들은 이곳에 본거지를 두고 움직이는 것으로 하겠소."

"모실 수 있게 되어 영광입니다."

도리안가의 가주전에서 훈훈한 분위기가 피어났다.

하지만 그들은 그 분위기에 취해 그들은 모르고 있었다.

지금 그 순간에도 재앙의 그림자가 점점 도리안가를 향해 드리우고 있다는 사실을.

두두두두.

슈넬덴의 마차가 전속력으로 내달렸다.

이곳이 나무가 빽빽이 들어찬 험준한 산길이라는 걸 잊어버릴 정도로, 마차는 거침없이 달려 나갔다.

그리고 그 안에서는 금방이라도 숨이 넘어갈 것 같은 신음이 들려왔다.

"끄으으으윽!"

테오와 브리데커, 엘린이 수정구에 끊임없이 수정구에 마나를 불어 넣으며 내는 소리였다.

평소처럼 수련을 위해 일부러 동력원을 전환시킨 게 아니었다.

마차의 성능을 최대로 끌어내기 위해 추가적으로 에너지를 공급하고 있는 것이다.

"……."

율리안도 상황은 마찬가지였다.

그 역시 마차에 동력을 공급하는 중이었다.

그는 테오 사단을 쭉 훑었다.

'독하구나.'

이 수정구에 마나를 집어넣는 것만으로도 전신 운동을 몇 시간째 하고 있는 듯한 기분이 들었다.

자신도 이 정도인데, 저 아이들은 어떻겠는가.

이를 꽉 깨문 채로 수정구에 마나를 불어 넣고 있는 모습은 마치 고문의 한 장면을 보는 것 같았다.

"어째서 너희가 본가로 돌아올 때면 그런 몰골이 되었는지 알겠구나."

"쯧쯧, 고작 이 정도로 골골대다니, 아무래도 체력 훈련을 보강해야겠어."

루크가 혀를 찼다.

그러자 테오 사단은 이를 더욱 꽉 깨물었다.

자신들은 전혀 힘들지 않다는 것을 보여 주기라도 하는 것처럼.

"이렇게까지 서둘러서 가야 하는 것이냐?"

"하루라도 빨리 그놈을 보러 가야죠."

심지어 루크조차 꽤 힘에 겨운 목소리였다.

지금 마차에 불어넣고 있는 동력의 절반 가까이를 그가 불어넣고 있었으니 그럴 만도 했다.

"사안이 시급하다는 것은 알겠으나, 이렇게까지 무리할 필요가 있겠느냐? 하루 이틀 늦는다고 해 봐야 소문이 크게 번지는 것도 아닐 텐데."

이러다 호카에 도착하자마자 다들 탈진해서 일반 병사도 상대 못 하는 건 아닌가 걱정되었다.

물론 루크도 이렇게까지 서두를 필요가 없다는 건 알고 있었다.

상식적으로 생각한다면, 율리안의 말이 맞았으니까.

"뭔가 느낌이 안 좋아서요."

루크는 입안의 혀를 굴렸다.

그러나 입 안에 남은 찝찝함은 가시질 않았다.

이 찝찝함을 해결할 수 있는 방법은 단 하나였다.

조금이라도 빨리 그 사칭범을 직접 만나 보는 것.

"그러니까 다들 빨리 달려!"

두두두두두.

슈넬덴의 마차는 더욱 속도를 높였다.

호카는 도리안가와 비교하자면 훨씬 작은 영지였다.

도시라 부르기엔 작았고, 마을이라고 하기엔 그 규모가 큰 어정쩡한 도시이었다.

그렇다고 교통의 요지나 전략적 요충지에 있는 것도 아니라서, 굳이 외적의 침입을 걱정할 필요도 없었다.

이곳의 경비대가 막는 것은 기껏해야 산짐승이나 고블린 같은 마물 정도.

조금 더 심각해진다면 도적 떼 정도가 다일까.

이렇게 평화로운 지역이다 보니, 호카에는 병사라고 부를 만한 이들도 거의 없었다.

병사의 숫자도 이렇게 적으니, 기사의 숫자는 그보다 훨씬 적었다.

그러나 오늘만큼은 달랐다.

갑옷을 입은 기사들이 호카 곳곳을 돌아다니고 있었다.

당연히 호카의 병사들 사이에서도 이에 대한 이야기가 돌 수밖에 없었다.

"기사들 숫자가 갑자기 왜 이렇게 늘었대?"

"자네도 소문 못 들었는가? 우리 영주님이 큰 전쟁을 준비한다고 하더군."

"큰 전쟁?"

"자네도 알지 않은가? 얼마 전까지 자신을 슈넬덴의 적통이라고 외치던 그자."

"아, 일리아스 말인가?"

호카에서는 이미 그의 이름은 유명했다.

"맞네. 어제 그자가 기사와 병사들을 데리고 호카를 찾아왔네. 그리고 영주님과 이야기를 나누고는 영주님까지 거기에 동참하게 된 거지."

"엥? 그자가? 어떻게 평범한 나무꾼이 어떻게 그럴 수가 있지?"

"그러니까 실은 평범한 나무꾼이 아니었던 게지."

"그럼?"

"사실은 그 사람이 진짜 슈넬덴의……."

병사가 주변을 두리번거리고는 귓속말을 하려 할 때였다.

"이봐, 거기!"

뒤쪽에서 화포를 삼킨 것 같은 우렁찬 목소리가 들려왔다.

병사들은 뒤쪽으로 고개를 돌렸다.

거기에는 기사 복식을 한 자들이 보였다.

보통 갑옷의 가슴팍에는 어느 기사단 소속인지 알 수 있도록 하는 문양이 있기 마련인데, 그들의 갑옷에는 어떠한 문양도 없었다.

"누구십니까?"

"우리는 코넬리오의 철사자 기사단이다."

코넬리오라는 말에 병사들이 깜짝 놀랐다.

그렇다면 일리아스가 데려왔다는 기사단이 바로 코넬리오의 기사들이라는 것이다.

"어, 어쩐 일로 코넬리오의 기사들께서 저희를……."

"현재 호카에 매우 중요한 분들께서 계신 것은 알고 있겠지?"

"예……."

"일리아스 공께서 머무시는 동안, 우리들도 정문 경비를 공동으로 맡을 예정이다."

그 말에 병사들은 티 나지 않게 찌푸렸다.

느닷없이 나타나 자리를 내놓으라고 하는 사람이 마음에

들 리가 있겠는가.

하지만 무려 코넬리오의 기사들이 하는 말에 토를 달 만큼 간땡이가 부은 병사는 없었다.

"아, 알겠습니……."

"그럼 위치로!"

"예!"

코넬리오의 기사들은 애당초 경비의 대답은 필요 없었다는 듯 곧바로 움직였다.

그리고 그들은 정문 경비를 서자마자 강압적으로 사람들을 수색하기 시작했다.

아마 처음부터 저럴 셈으로 경비를 서겠다고 한 것이리라.

"샅샅이 뒤져라! 첩자들이 이미 당도했을지도 모르니까. 일리아스 공을 해칠 만한 무기를 가지고 있는지 확인해라."

"예!"

그들은 급기야 사람들의 짐까지 모두 풀어 가며 확인하기 시작했다.

그러나 그들이 걱정하는 대로 일리아스를 노리는 첩자들이 몰래 호카로 침입하는 일은 없었다.

코넬리오 기사들이 안심을 하던 그때였다.

두두두두!

저 멀리서 지축을 울리는 소리가 들려왔다.

이게 무슨 소리란 말인가?

기사단은 깜짝 놀라서 소리가 나는 쪽으로 고개를 돌렸다.

웬 마차 한 대가 흙먼지를 피워 올리며 이쪽으로 다가오고 있었다.

그런데 그 속도가 말도 안 될 정도로 빨랐다.

"뭐, 뭐야 저건?"

"당장 저 마차 세워!"

"예!"

기사단원 한 명이 앞으로 나서며 마차를 향해 외쳤다.

"지금 당장 마차를 세워라! 세우지 않으면 무력으로 제지하겠다!"

두두두두두!

그러나 마차는 전혀 멈출 생각을 전혀 보이지 않았다.

"머, 멈추라고 경고했다! 이 이상 다가오면 베어 버리겠다!"

두두두두두!

"오냐, 그래! 나를 원망하지 말거라, 경고를 어긴 것은 너희니까!"

마차가 멈추지 않자, 기사는 마차를 향해 검기를 날렸다.

슈와아아아악!

카앙!

그러나 황탑주가 심혈을 기울여 만든 마차는 너무나도 쉽게 검기를 튕겨 냈다.

두두두두두.

"으, 으아아아악!"

결국 코넬리오 기사들은 옆으로 몸을 던졌다.

콰아아아앙!

마차가 성문에 부딪치자 주변으로 연기가 자욱하게 피어
올랐다.

"다, 당장 저놈들의 정체를 확인하라!"

단장의 지시에 기사들이 마차가 충돌한 곳을 에워쌌다.

'저 정도면 죽은 거 아니야?'

기사들은 마차에서 피어오르는 연기를 바라보며 말했다.

그러나 그것도 잠시.

"콜록, 콜록!"

마차 안에서 탁한 기침 소리가 들려왔다.

"그러니까 속도 좀 줄이라니까."

"너희가 괜히 체력 약하다는 말에 승부욕이 붙어서 그렇
지."

"네가 도발만 안 했어도 괜찮았을걸."

"됐다, 너희 둘 다 잘못한 거니까 싸우지들 말거라!"

기사들은 그들의 모습을 멍하니 쳐다보았다.

지금 이게 무슨 상황일까?

그리고 저들은 또 누구이고?

결국 보다 못한 기사 하나가 외쳤다

"너, 너희들은 누구냐? 정체를 밝혀라!"

"우리가 누구냐고?"

루크와 테오가 동시에 그쪽으로 고개를 돌렸다.

"슈넬덴에서 왔다, 이 새끼들아."

조용한 도시 호카에 재앙이 드리우는 순간이었다.

"슈넬덴이라고?"

철사자 기사단장은 루크 일행의 모습을 위아래로 훑었다.

슈넬덴은 무력뿐만 아니라 재력에서도 대륙에서 손꼽히는 가문.

하지만 눈앞의 인물들은 그런 가문의 사람들이라고 하기에는 몰골이 심히 남루했다.

땀에 엉겨 붙은 머리 하며, 며칠은 씻지도 않은 것 같은 옷을 본다면, 누구나 다 똑같은 생각을 했을 것이다.

심지어 슈넬덴 본인들조차도 말이다.

"크흠……!"

율리안은 괜히 찔리는 마음에 옷깃을 고쳤다.

"서둘러 호카까지 오느라 미처 외형을 가다듬을 시간이 없었네. 그대들이 이해해 주시게."

"그 말을 하는 댁들은 슈넬덴의 누구인데 다짜고짜 우리에게 하대를 하시는지요?"

단장이 인상을 팍 찌푸리며 대답했다.

누가 보더라도 의심이 가득 담긴 눈빛이었다.

'이러니 명문일수록 외형을 가다듬으라고 하는 것이구나.'

율리안은 혼자서 생각했다.

어쩌겠는가.

이 또한 자신들의 잘못인 것을.

그리고 자신들은 이곳에서 굳이 소란을 피울 생각도 없었다.

"나는 슈넬덴의 가주 율리안 슈넬덴이네. 조금 전 내 아들이 욕설을 한 것에 대해서는 사과하겠네."

율리안은 은근히 루크의 신분에 대해서도 밝혀 주었다.

때때로는 이 권위가 불필요한 싸움을 막아 줄 수 있었으니까.

하지만 안타깝게도 이번에는 그런 경우가 아니었다.

"슈넬덴의 가주? 하하하하!"

"하하하하!"

단장이 웃자 뒤에 있던 단원들도 함께 웃음을 터뜨렸다.

율리안이 예상했던 것과는 전혀 다른 반응.

"어찌 그렇게 웃는 건가?"

"아아, 그러니까 당신들이 그 찬탈자들이란 말이군요."

"찬탈자?"

"가문이 위기에 처하자 그때를 틈타 적통을 몰아내고, 후계자 자리를 꿰찬 찬탈자들 말입니다."

스릉-!

단장은 율리안을 향해 검을 뽑아 들었다.

단원들도 그를 따라 검을 뽑았다.

"우리는 슈넬덴의 적법한 후계자를 돕는 중이니, 좋은 말로 할 때 물러나시지요."

감히 일개 기사가 가주와 공자 일행을 향해 검을 겨누다니, 율리안은 표정을 찌푸렸다.

"그대들은 누구인데 그런 망발을 함부로 입에 담는 것이지?"

"보다시피 우리는 호카를 지키는 경비들입니다."

그가 너스레를 떨며 대답했다.

호카 같은 소도시에 기사단이 경비로 선다는 걸 믿으란 말인가?

저런 놈들을 상대로 굳이 대화를 이어 갈 필요가 없다고 생각할 때였다.

잠자코 있던 루크가 나섰다.

"굳이 정체를 물을 필요가 있어요? 슈넬덴에게 이렇게 배짱부릴 수 있는 놈이야 뻔하죠."

"코넬리오겠지?"

"그렇죠. 그리고 그 사칭범이 코넬리오와 손을 잡았다는 것도 알겠네요."

화르륵!

루크의 눈에서 시퍼런 불꽃이 타올랐다.

“코넬리오까지 끌어들였다? 이거 진짜 가만두면 안 되겠네요.”

철컥.

루크가 검집째로 벨무스를 들었다.

슈와아아아아아악!

루크가 기사들을 향해 쇄도했다.

철사자들은 당황해서 물러나려 했다.

그러나 루크의 속도가 훨씬 빨랐다.

콰악!

그는 물러나는 기사 하나를 쫓아가 벨무스로 후려쳤다.

“크헉!”

기사의 갑옷이 찢어지면서 그 아래로 시커먼 멍 자국이 생겨났다.

그리고 그 기사는 내상을 입은 것인지 바닥에 구토하기 시작했다.

루크는 그 기사에게 눈길도 주지 않은 채로 단장 쪽을 보았다.

“당장 그 사칭범 새끼 내놔.”

“이, 이, 이자가!”

단장은 협조할 생각이 전혀 없어 보였다.

“코넬리오의 기사가 당했다! 이는 즉결 처형 사유로 충분하니, 당장 저자들을 포박하라!”

"예!"

철사자와 병사들이 루크 일행을 향해 달려들었다.

그러자 율리안도 검을 뽑으며 말했다.

"루크를 도와라! 사상자는 최대한 발생하지 않도록 해야 한다!"

"예!"

그렇게 호카 정문에서 슈넬덴과 철사자들이 충돌했다.

"정말로 도리안가까지 끌어들이실 줄은 몰랐습니다."

호카의 영주 메이더가 놀란 눈으로 말했다.

일리아스는 초점이 나간 눈으로 고개를 끄덕였다.

"내가 말했잖소. 나를 돕는 세력이 꽤나 강력하다고."

"설마 호카의 평범한 나무꾼이었던 공이 코넬리오의 장로를 뒷배로 두고 있을 줄은 몰랐소."

일리아스는 대답 대신에 그에게 종이를 내밀었다.

그것은 앞으로 호카가 일리아스를 따른다는 서약서였다.

그 옆에는 도리안가를 비롯해 주변 다른 영주들의 서명도 모두 되어 있었다.

"인제 호카만 서명하면 되오. 그럼 그들에게 약속했던 세력을 모을 수 있소."

"물론 서명해야지요. 한 번 공을 의심했던 저를 다시 받아주어서 감사합니다."

메이더가 고개를 꾸벅 숙였다.

"나였어도 당시의 나를 믿지 않았을 테지. 그러니 너무 심려치 마시오."

"역시 명문의 후예답게 통도 크십니다!"

스스슥.

메이어가 망설임 없이 서명을 마친 순간이었다.

"으아아아아아악!"

창밖에서 누군가의 비명이 들려왔다.

둘의 시선이 소리가 난 쪽으로 돌아갔다.

그 순간 창문 밖에서 뭔가가 날아왔다.

쨍그랑!

그 물체는 창문을 깨고 방 안까지 들어왔다.

그들은 자신의 눈을 의심했다.

"사람……?"

갑자기 사람이 창문으로 날아들어 오다니.

이게 대체 무슨 일이란 말인가.

"철사자 기사단원이 아닌가?"

"어째서 철사자 기사단이 피 떡이 되어 여기까지 날아온 거지?"

그들은 창밖을 내다보았다.

그리고 그들의 얼굴은 더욱 눈을 부릅떴다.

콰아아아아아아아앙!

호카의 정문 앞에서는 폭음과 함께 뿌연 연기가 피어오르고 있었다.

그 속에서 새하얀 검기가 뻗어져 나왔다.

그때마다 철사자들의 비명이 터져 나왔다.

마치 전쟁이라도 난 것 같은 광경.

"이게 지금 무슨 상황이란 말인가?"

메이더가 중얼거리고 있을 때였다.

"영주님!"

부관이 문을 부수다시피 열고 들어왔다.

"무슨 일이더냐?"

"슈넬덴에서 쳐들어왔습니다. 그것도 슈넬덴의 가주가 직접 공자들을 대동했습니다."

부관의 말에 메이더의 표정이 새파래졌다.

"설마 가주가 직접 올 줄이야! 저들 입장에서도 일리아스 공이 위협적이었다는 의미겠지요?"

"그, 그런 것 같소."

슈넬덴의 공자에 대해서는 들어서 잘 알고 있었다.

말은 여유롭게 했지만 일리아스의 머리는 재빠르게 돌아갔다.

지금 이곳에 온 철사자들은 기껏해야 호위를 위한 열댓 명.

그걸로 슈넬덴의 가주와 공자를 상대하는 건 불가능했다.

'내가 부른 셈이긴 하지만, 이렇게 빨리 올 줄은 몰랐는데.'

아직 준비가 덜 된 상태로 슈넬덴의 직계를 만나서는 아니 됐다.

'어쩔 수 없겠군.'

일리아스는 뭔가 생각이 난 듯 고개를 끄덕였다.

"메이어 공, 나의 제안을 한 번 거절한 것을 만회할 기회를 주겠소."

"만회할 기회요? 그런 기회를 주신다면 저희야 좋습니다."

그렇지 않아도 처음 찾아온 일리아스를 알아보지 못하고 쫓아낸 것이 내내 마음에 걸렸다.

저 부탁을 들어준다면 그때의 잘못을 만회할 수 있으리라.

그렇게 다짐했지만 일리아스의 부탁은 생각보다 큰 것이었다.

"내가 도리안으로 돌아가는 동안 저들을 막아 주시오."

"하, 하지만……!"

그는 창밖을 슬쩍 보았다.

한 번 검을 휘두를 때마다 호카의 병사 네다섯 명이 우르르 넘어졌다.

저런 괴물들을 혼자서 막으라고?

그건 차라리 죽으라는 말과도 같지 않은가.

일리아스도 그런 메이어의 마음을 꿰뚫어 보았다.

"걱정 마시오. 저들도 목적이 나인 이상 누군가를 죽이는 건 피하려 할 것이오."

누군가 죽는다면 그때부터는 코넬리오에게 전쟁의 빌미를 주는 것인데, 그건 슈넬덴도 원치 않으리라는 뜻.

그러고 보니 창에서 날아와 바닥에서 신음하고 있는 철사자의 기사 역시 죽지는 않은 걸 보면 맞는 말일 듯했다.

"알겠습니다. 그, 그럼 저희가 어떻게든 시간을 벌어 보겠습니다. 공께서는 도리안으로 몸을 피하시지요."

"내 이 공은 절대 잊지 않겠소."

일리아스는 서둘러 몸을 피했다.

그리고 잠시 후.

"웬 놈이냐!"

"이곳은 호카의 영주께서 업무를 보시는 곳이다."

영주실 밖이 소란스러워졌다.

경비들이 누군가를 막아서는 듯한 소리가 들려왔다.

아마 슈넬덴이 도착했다는 의미이리라.

콰아아아아앙!

커다란 굉음과 함께 영주실의 문이 떨어져 나가며 경비가 날아 들어왔다.

"……끄르르륵."

경비의 입에서는 게거품이 흘러나왔다.

그리고 컴컴한 문 뒤쪽에서 한 무리의 사내들이 걸어 들어왔다.

맨 앞에 있는 이가 메이어를 보며 작게 예를 취해 보였다.

그것은 타 가문을 방문한 이가 하는 인사치레였다.

다만 이미 이 난장판을 만들어놓고 저런 품위 있는 인사를 하는 것이 아이러니해 보였을 뿐.

"만나서 반갑소, 슈넬덴의 가주 율리안 슈넬덴이오. 이곳까지 오는 중에 작은 소란이 있었던 점에 대해서는 사과하겠소. 급한 일이 있는데, 필사적으로 막아서기에 어쩔 수 없었소."

"호카의 영주 메이어 포크입니다. 소란에 대해서는 이해하겠습니다. 호카에는 어쩐 일이신지요."

"이곳에 본 가의 후계자를 자처하는 이가 있다고 들어 확인 차 들렀소."

율리안이 정중하게 말했다.

메이어도 마치 먼 과거의 일을 떠올리듯 턱을 쓰다듬었다.

"저 역시 후계자를 직접 만났습니다. 카딘 슈넬덴 공의 후손이더군요."

"그자와 대화를 하고 싶은데, 자리를 마련해 줄 수 있겠소?"

"그건 어려울 것 같소."

메이어는 이 대화를 통해 될 수 있는 한 시간을 벌려고 했다.

하지만 그런 그의 의도를 알아차린 자가 있었으니.

"여기 그 새끼 없어요."

루크가 눈을 날카롭게 빛내며 말했다.

"응?"

"서쪽으로 도망가고 있는 놈이 있는데, 아마도 그놈들 중에 사칭범이 있겠죠."

"그게 정말이더냐?"

메이어는 끝까지 포커페이스를 유지하려 했다.

그러나 루크에게는 메이어의 반응 따위는 중요하지 않았다.

그에겐 이미 확신이 있었으니까.

그는 곧장 창문 쪽으로 다가갔다.

"제가 쫓아가 볼게요."

"자, 잠깐만."

율리안이 창틀에 반쯤 걸터앉은 루크를 불러 세웠다.

"멀쩡히 데려오너라. 우리도 여기만 정리하고 바로 쫓아갈 테니."

"알겠습니다. 최대한 손 덜 대고 데려올게요."

휙!

루크는 창밖으로 뛰어내렸다.

"허억, 허억!"

일리아스는 숨이 턱 끝까지 차오르도록 달리고 있었다.

그러면서도 자꾸만 뒤를 돌아봤다.

'무사히 따돌린 건가?'

당장 쫓아오는 사람은 없어 보였다.

그러나 함부로 속도를 늦출 수는 없었다.

조금 전 봤던 슈넬덴의 실력이라면 분명 금방 자신을 쫓아올 테니까.

슈넬덴의 실력을 떠올린 그의 얼굴에선 오묘한 미소가 떠올랐다.

'슈넬덴은 내가 예상했던 것보다 더욱 강하구나.'

덕분에 자신이 세운 계획의 성공 확률은 몇 배는 올라갔다.

하지만 그 계획도 지금 저들에게 잡혀서는 안 됐다.

'아직 준비가 되기 전이야. 저들은 만나는 건 그 이후여야 해!'

그는 그 생각만으로 움직여지지 않는 다리를 억지로 움직였다.

그리고 그가 다시 앞쪽으로 고개를 돌리는 순간이었다.

"여기 있었네?"

"으아아악!"

일리아스의 바로 옆에 갑자기 한 소년이 나타났다.

어디서 나타났는지도 또 언제 나타났는지도 알 수가 없었다.

정말 말 그대로 한순간에 눈앞에 확 나타난 것이다.

쿠당탕!

발이 꼬인 그는 그대로 다섯 바퀴를 굴렀다.

세상이 빙글빙글 돌다가 이내 뒤집혀 버렸다.

등에서 저릿한 고통이 느껴지는 걸 보니, 어디 나무에 부딪치기라도 한 것 같았다.

"끄으으으응!"

극심한 고통 속에서 그 소년이 이쪽으로 걸어오는 것이 보였다.

소년은 고꾸라져 있는 그를 천천히 훑었다.

"정말로 남색 머리에 검은색 눈이네? 느껴지는 기운으로 봐서도 그냥 사칭범은 아닌 것 같고……."

"끄윽……!"

일리아스가 억지로 몸을 일으키려 했다.

콰악!

그러나 루크가 먼저 그의 몸을 짓눌렀다.

"좋은 말로 할 때 대답해."

루크의 목소리는 그 어느 때보다 차갑게 들렸다.

"카딘 슈넬덴과는 무슨 관계야?"

율리안에게 데려가기 전에 카딘에 대해서만큼은 먼저 들어야 했다.

"나는 일리아스이고 카딘 슈넬덴은 내 현조부이시오."

"……."

루크는 아무 말도 하지 않았다.

그러나 속으로는 조금 동요하던 중이었다.

'정말로 카딘이 슈넬덴을 떠나 이곳에 있었던 거구나.'

어째서?

그런 생각이 퍼뜩 들었다.

분명 슈넬덴은 내전으로 무너져 가고 있었는데, 자신이 정한 후계자라는 녀석은 이곳에 숨어 있었다니.

'정말 내 눈이 틀렸던 건가? 아니면 다른 이유가 있던 것일까?'

루크가 혼란을 느끼고 있는 사이, 일리아스도 슬쩍 물었다.

"나야말로 묻고 싶소. 그대는 누구시오?"

"보면 모르겠어? 사칭범 잡으러 온 사람이지."

"내가 사칭범이라니!"

그는 발끈하며 검집에 손을 가져다 댔다.

그러나 그는 검을 뽑을 수 없었다.

루크에게서 뿜어져 나온 살기가 그의 몸을 휘감았기 때문이다.

"너 거기서 검 뽑았다가는 진짜 뒈져."

"……."

"내가 지금 널 살려 놓은 이유는 아주 간단해. 너한테 물을 게 있기 때문이지."

루크의 눈빛은 얼음장처럼 차가웠다.

"그러니까 부탁하는데 쓸데없는 짓은 하지 마."

일리아스도 본능적으로 자신의 목을 감추었다.

"정말로 네가 카딘 슈넬덴의 후손이라는 거지?"

"무, 물론이오! 내 현조부께서 슈넬덴의 유일한 적법한 후계자 카딘 슈넬덴이오."

"유일의 적법한 후계자?"

고오오오오.

주변의 공기가 급격히 무거워졌다.

그 깊이를 알 수 없는 분노가 루크의 몸을 휘감았다.

일리아스는 그 분노에 짓눌려 숨을 쉬는 것조차 버거워졌다.

도대체 무엇 때문에 저토록 깊은 분노가 느껴진단 말인가?

"그 유일의 적법한 후계자의 후예께서는 지금까지 뭘 하다가 이제야 나타난 거지? 아니, 애당초 그 적법한 후계자는 어째서 사라진 거고?"

자신이 죽은 후에도 카딘이 버티고 있었다면, 200년 후의 슈넬덴이 이 꼴이 되지는 않았을 것이다.

여기까지는 그래도 이해해 줄 수 있었다.

카딘을 후계자로 지목한 건 자신이고, 그건 자신의 눈이 잘못되었다는 의미였으니까.

그런데 그 후예라는 녀석이 이제야 나타나 슈넬덴을 되찾겠다고 지껄이다니.

　　그것도 코넬리오의 지원을 받으면서?

　　루크는 무엇보다도 그걸 가장 용서할 수가 없었다.

　　"지금껏 가문을 등지고 살았으면 계속 그렇게 살 것이지, 그 자리가 탐나서 기어이 코넬리오까지 끌어들여?"

　　콰악!

　　루크는 그의 멱살을 쥐었다.

　　어찌나 강하게 잡았던지, 일리아스는 기도가 막혀 캑캑거렸다.

　　그러나 일리아스도 그 상황에서 묻고 싶은 게 있었던 모양이었다.

　　"호, 혹시 그대도 슈넬덴의 혈족이시오?"

　　"같은 혈족에 대한 마지막 예우로 대답해 주지. 루크 슈넬덴이다."

　　일리아스의 눈이 더욱 크게 흔들렸다.

　　루크에 대해서는 그도 건너 들어서 알고 있었다.

　　지금껏 음지에서 움직이고 있었지만, 악투스와의 대련을 통해 마침내 양지에 모습을 드러낸 천재이자 슈넬덴의 진정한 실세.

　　'정말로 루크 슈넬덴이 왔구나!'

　　루크가 이곳에 오는 건 그가 생각했던 최상의 시나리오였다.

그가 다음 말을 하려는 순간, 벨무스가 먼저 움직였다.

스릉!

"히이익!"

벨무스가 그의 목 바로 앞에서 멈추었다.

검신을 따라 새빨간 피가 흘러내렸다.

"마지막 예우는 해 줬으니, 이제 처형을 해야겠지?"

"자, 자, 잠시만 기다려 주시오. 나는 여기서 죽어선 아니 되오. 그대가 루크 슈넬덴이라면 더욱 아니 된단 말이오."

"그건 네가 정하는 게 아니야."

"내가 죽는 건 그대에게도 안 좋을 것이오. 제발 내 말을 믿어 주시오."

"닥쳐."

탁!

루크는 벨무스 대신 손날로 일리아스의 뒷목을 후려쳤다.

일리아스의 몸이 축 늘어졌다.

"후우─!"

마음 같아서는 지금 당장 저놈을 반쯤 죽여 놓고 싶었지만, 아버지와 한 약속이 있으니 어쩔 수가 없었다.

휙─!

루크는 일리아스를 들쳐 업고 호카 쪽으로 몸을 돌렸다.

'내가 루크라서 더더욱 죽으면 안 된다라…….'

루크는 일리아스가 마지막에 했던 말을 곱씹었다.

그저 살고 싶어서 한 발악처럼 느껴지지는 않았다.

그렇다면 과연 그건 무슨 뜻이었을까.

'그건 묶어 놓고 조져 보면 알겠지.'

루크는 생각을 정리한 후 율리안이 있는 곳으로 달려갔다.

다다다다!

루크가 움직이기 시작한 지 얼마 되지 않았을 때였다.

"루크!"

나무가 빽빽한 숲에 들어서고 머지 않아 반대쪽에서 테오의 목소리가 들려왔다.

율리안을 비롯해 다른 이들의 기척은 느껴지지 않았다.

"왜 혼자 왔어?"

"아버지가 아무래도 네가 사칭범을 죽일 것 같다고 나부터 먼저 보냈어."

테오는 루크의 어깨에 들쳐 업힌 일리아스를 보았다.

"다행히 죽이진 않은 것 같네."

"죽일 뻔하긴 했어."

"정말 우리 혈족이야?"

"외모뿐만 아니라 슈넬덴 특유의 기운도 느껴지는 걸 보니까 그런 것 같긴 해."

루크의 대답에 테오의 얼굴에도 불안감이 감돌았다.

그가 그저 사칭범이 아니라 정말 후계자라면 상황이 훨씬 복잡해졌으니까.

"그럼 정말로 적법한 후계자가 맞다는 거야?"

"적법한 후계자 같은 소리하고 있네. 이 자식이 적법한 후계자가 되는 건 내가 못 봐."

"휴, 그래, 일단은 아버지께 돌아가자."

두 형제가 다시 움직이려 할 때였다.

지금까지 의식을 잃은 줄 알았던 일리아스가 눈을 번쩍 떴다.

"에잇!"

그는 품에서 스크롤 한 장을 꺼내 찢었다.

부우우욱!

쉬이이이익—!

찢어진 스크롤 사이로 검은 연기가 뭉게뭉게 피어올랐다.

슬리핑 미스트.

연기를 들이마신 자를 잠재우는 마법이었다.

"읍!"

테오는 급히 소매로 코와 입을 가렸다.

그의 눈에는 어느새 다른 스크롤을 찢고 있는 일리아스가 보였다.

아마 저건 슬리핑 미스트를 방어할 수 있는 마법이 담긴 스크롤이리라.

'당했다!'

시야가 가린 상태에서 손마저 자유롭지 못한 상태에서 저자를 쫓기는 어려울 것이다.

그러나 이런 상황에서도 상식을 깨 버리는 녀석이 있었으
니.

"이 새끼가!"

루크는 온몸으로 마나를 뿜어내며 슬리핑 미스트를 밀어
냈다.

"잡히면 뒈질 줄 알아라."

루크는 아무 거리낌 없이 검은 연기 속으로 몸을 던졌다.

테오도 슬리핑 미스트를 헤치고 루크를 쫓아갔다.

자칫하면 루크가 일리아스를 죽일 것 같았기 때문이다.

"루크, 그놈 죽이면 안 돼!"

자꾸만 눈앞을 가려 대는 검은 연기를 헤치고 나아가다 보
니 어느새 그 끝자락에 다다랐다.

그리고 그곳에서 루크는 묘한 얼굴로 앞을 바라보고 있었다.

그의 주변에는 일리아스가 보이지 않았다.

"뭐, 뭐야? 설마 놓친 거야?"

"응."

테오는 깜짝 놀랐다.

슬리핑 미스트마저도 깡 마나로 밀어내 버리던 녀석이 설
마 일개 사칭범을 놓칠 줄은 몰랐기 때문이다.

"너 괜찮아? 혹시 뭐, 다친 데라도 있는 건 아니지?"

"아니야."

루크는 여전히 멍한 얼굴로 고개를 저었다.

테오는 걱정스러운 눈으로 루크를 바라보았다.

마음 같아서는 더 물어볼 것들이 많았지만, 루크는 여전히 뭔가 생각에 잠긴 것 같아 보였다.

그리고 그런 테오의 생각이 맞았다.

'흐음…….'

루크는 조금 전에 있었던 일을 계속 곱씹고 있었다.

일리아스는 루크에게 붙잡히자마자 말했다.

　-나 일리아스는 후계를 주장할 생각이 없소. 후계에 대한 소문을 낸 건 코넬리오의 속셈이었소. 나는 오히려 그 소문을 이용해 그대들에게 도움을 청할 셈이었소.

당연히 루크는 그 말을 믿지 않았다.

죽음을 앞둔 상황에서 무슨 거짓말인들 못 치겠는가.

하지만 녀석의 다음 말은 도저히 무시할 수가 없었다.

　-현조부가 남긴 일기가 있소. 그걸 읽어 보면 내가 하는 말을 믿을 것이오. 도리안으로 오면 내가 직접 일기를 건네주겠소. 다만 아직은 때가 아니오. 조금만 기다렸다가 다시 나를 찾아 주시오.

'카딘의 일기라······.'

저 말이 진짜라면 거기에는 200년 전의 비밀이 담겨 있지 않을까?

그렇다면 지금 저놈을 족치는 것보다 카딘의 일기를 확인하는 것이 훨씬 중요했다.

만약 그 말이 거짓이라면 그때가서 그놈을 응징하면 될 것이다.

'준비가 끝나면 쪽지를 보낸다고 했지?'

지금은 그놈의 말을 잠깐 믿어 주는 것도 나쁘지 않으리라.

아니, 믿어 주고 싶은 것 같기도 했다.

'카딘, 내 아들아······ 200년 전 너에게 무슨 일이 있었던 것이냐?'

루크의 물음은 누구 하나 답하는 이 없이 허공에 흩어졌다.

일리아스는 가까스로 도리안 영지로 돌아왔다.

그는 돌아오자마자 곧장 데이먼을 찾았다.

데이먼은 일리아스의 꼴을 보고는 깜짝 놀랐다.

"어찌 된 것이오? 철사자 기사들은 어떻게 되었고?"

"호카에서 대화를 마치고 서약서까지 받은 직후였소. 난데없이 슈넬덴이 쳐들어오는 바람에 나 혼자 도망쳐 나왔소."

일리아스는 호카에서 있었던 일을 말해 주었다.

그러나 마지막 도주할 때 루크에게 덜미를 잡혔다는 사실에 대해서는 꺼내지 않았다.

"호카에 슈넬덴의 가주와 그 두 아들이 쳐들어왔고, 함께 갔던 철사자들은 모두 그놈들에게 당했단 말이오?"

"그렇소. 그곳에 온 이들은 슈넬덴의 직계 혈족이었소."

"이런 못난 놈들!"

쾅!

그는 책상을 강하게 내리쳤다.

그 분노는 비단 슈넬덴에게 당한 철사자들만을 향한 게 아니었다.

그는 일리아스를 향해서도 날을 세웠다.

"그러니 내가 함께 간다고 하지 않았소!"

"슈넬덴이 이리도 빨리 움직일 줄은 몰랐소."

"후, 나도 거기까지는 예상하지 못했던 부분이었으니 어쩔 수 없지."

데이먼은 빠르게 침착함을 되찾았다.

철사자 기사들 중 일부와 호카를 잃은 것이 속 쓰리긴 했지만, 그렇다고 그것들이 이번 계획의 결정적인 열쇠들은 아니었으니까.

핵심은 근방에서 가장 큰 영지인 도리안 영지이고, 자신이 지키고 있는 이상 안전할 테니까.

"알겠으니까 휴식부터 취하시오. 여기까지 도망쳐 오느라 힘들었을 텐데."

"그러도록 하겠소."

일리아스는 그렇게 말하고 방을 나갔다.

그의 발걸음 소리가 완전히 멀어지고 난 이후.

데이먼은 아무도 없는 방구석을 향해 입을 열었다.

"거기 있소?"

스르르륵.

그러자 어둠 속에서 누군가 모습을 드러냈다.

검은 후드로 얼굴이 가릴 만큼 뒤집어쓴 복장.

그것만 보더라도 그가 흑성교의 사람이라는 걸 알 수 있었다.

"무슨 일인지요?"

"그대가 보기엔 어땠소?"

"무엇이요?"

"일리아스가 호카에서 무사히 돌아온 거 말이오."

"무사히 돌아오면 좋은 거 아닌지요?"

"후……."

데이먼은 골치가 아픈지 관자놀이를 꾹 눌렀다.

자신의 부하 같았으면 당장 뒤통수를 한 대 때려 줬겠지만, 저 녀석은 파견을 온 녀석이라 그럴 수도 없었다.

"철사자들은 비록 초급 기사들이긴 하나, 웬만한 가문의 중상급 기사들보다도 강하오. 그런데 그런 녀석들이 모두 당할 정도라면, 상대의 실력도 그만큼 강하다는 의미일 터."

그런 상황에서 일리아스가 무사히 돌아왔다는 사실이 믿기지 않았다.

분명 중간에 슈넬덴의 혈족에게 덜미를 잡혔을 것이다.

그런데도 이렇게 도리안으로 무사히 돌아온 방법이 무엇이겠는가?

슈넬덴의 혈족과 모종의 거래를 하지 않고서는 그럴 수 없었을 터.

"혹시 일리아스에게 건 암시 마법이 풀린 건 아니오?"

"이 마법이 만들어지고서부터 200년간, 암시를 풀어 낸 이는 없었습니다. 심지어 슈넬덴의 직계들조차 풀지 못한 마법이니 걱정하지 마시지요."

신도가 자신감에 찬 목소리로 대답했다.

"그래도 혹시 모르는 거 아니겠소?"

데이먼은 끝까지 의심을 놓지 않았다.

"암시가 풀린 건 아닌지 한번 확인해 주시오. 뭐든지 확실한 게 좋은 거 아니겠소?"

"그러도록 하지요."

스르륵.

신도는 다시 어둠 속으로 몸을 감췄다.

도리안가에서 준비해 준 일리아스의 방.

일리아스는 죽은 듯이 잠이 들었다.

편히 숙면을 하는 것과는 왠지 다른 느낌이었다.

오히려 누군가에 의해 강제로 재워진 것으로 보였다.

실제로 방 안에는 정체를 알 수 없는 검은 연기가 자욱했다.

스윽.

그 방 안에 검은 후드를 쓴 신도가 나타났다.

그는 잠이 든 일리아스를 내려다보았다.

'겉으로 봐서는 암시가 풀린 것 같진 않은데…….'

하지만 그 역시 일리아스의 행동이 수상한 건 마찬가지였다.

'좀 더 헤집어 볼까?'

우웅-!

코어 속의 흑요석에서 검은 기운이 흘러나왔다.

그는 그 검은 기운을 손에 두른 채로 일리아스의 머리에 손을 올렸다.

검은 기운은 점차 걸쭉한 액체처럼 변하더니, 일리아스의 머릿속으로 흘러 들어갔다.

그 검은 기운은 일리아스의 의식 속을 마구 헤집었다.

그럴수록 신도의 표정이 찌푸려졌다.

'이놈 봐라?'

어떻게 한 건지는 몰라도 암시를 푼 것 같았다.

그리고 그가 슈넬덴을 불러 뭐를 하려는지도 알 것 같았다.

'아주 약삭빠른 녀석이었군.'

신도는 흥미롭다는 듯 일리아스를 보았다.

어떻게 암시를 풀어 버린 건지는 몰라도, 암시를 풀고서 제 딴에는 많은 것을 계획하고 있던 것 같았다.

그리고 그중에는 특히 그의 관심을 끌 만한 게 있었다.

'카딘 슈넬덴이 여생을 보낸 곳이라……. 코넬리오 쪽에 이것까지 알려 줄 필요는 없겠지?'

굳이 코넬리오와 몫을 나눌 필요는 없으리라.

생각을 마친 그는 고개를 끄덕였다.

'좋은 정보 고마워.'

스르륵.

그는 어둠 속으로 몸을 감추었다.

딱.

그 모습이 모두 사라질 때쯤, 손가락을 튀기는 소리가 들려왔다.

그와 함께 방 안을 채우고 있던 검은 연기도 씻은 듯이 사
라졌다.

일리아스가 잠에서 깬 것은 그로부터 몇 시간 후였다.

"일부러 놓아줬다고 하였느냐?"

율리안은 이해가 가지 않는 표정으로 물었다.

어쩐지 루크가 고작 매직 스크롤에 당해서 목표를 놓쳤다
는 게 의아하긴 했었다.

그런데 그게 일부러 놓아준 거였다니.

"일부러 놓아준 이유가 있는 것이냐?"

"그놈에게 설득당했어요."

"설득?"

율리안과 테오 사단이 동시에 고개를 갸웃했다.

루크가 어떤 인물인가.

거짓을 말하지 않는다고 알려진 엘프의 말이라고 해도 일
단 의심부터 하고 보는 이였다.

그런 루크가 사칭범에게 설득당했다?

도저히 상상이 가지 않는 모습이었다.

"자기는 후계를 주장할 생각이 없대요. 그건 코넬리오가
낸 소문이고, 자신은 그걸 이용해서 우리에게 도움을 청하려

한 거래요."

"그래서 놓아줬다고?"

"네, 그 증거로 아주 구미가 당길 만한 걸 제시했어요."

"그게 무엇이더냐?"

루크는 대답을 하려다 말고 잠시 호흡을 가다듬었다.

그 눈빛에서는 사무친 그리움이 느껴지는 것 같았다.

"카딘 슈넬덴의 일기요."

"……!"

율리안은 입을 떡 벌린 채로 굳어 버렸다.

카딘의 일기라니.

그게 슈넬덴에 어떤 의미를 지니는지 그들은 너무나 잘 알고 있었다.

"그것만 있으면 200년 전 카딘 슈넬덴께서 갑자기 사라진 경위도 알 수 있겠구나."

"그뿐이겠어요? 직계들 사이에서 있었던 내전의 비밀에 대해서 알 수 있을지도 모르죠."

"내전의 비밀……."

슈넬덴이 몰락의 길을 걷게 된 직접적인 계기인 후계자들 간의 내전.

그 진실을 밝힐 기회라니.

아직 일기장의 실재가 확인된 것도 아니지만, 벌써부터 그 일기장을 보고 싶은 마음이 치솟았다.

"그런 거라면 놓아줄 만도 하지."

"그렇죠? 그래서 그놈 요청대로 조금 기다려 주려고요."

"헌데 만약 그놈이 목숨을 구하기 위해 거짓을 말한 거면 어쩔 테냐?"

"어쩌긴요……."

루크는 뒷말을 하지 않았다.

그러나 뒷말을 하지 않더라도, 그들은 그 뒤에 이어질 말을 알 것 같았다.

아마 그가 거짓을 말한 거라면, 그는 루크의 손에 의해 죽게 될 것이다.

그것도 감히 슈넬덴의 이름을 가지고 거짓을 말했으니, 그 응징은 더욱 무거워질 테지.

"어쨌든 지금은 일기장이 있길 바라면서 기다려야겠죠."

루크가 다시 호카 쪽으로 돌아가며 말했다.

"그리고 적당한 때가 되면 도리안으로 일리아스를 찾으러 갈 겁니다."

테오는 걱정스러운 눈으로 그런 루크를 보았다.

그러다 율리안 쪽을 보았다.

율리안도 비슷한 표정으로 루크를 보고 있었다.

"괜찮을까요?"

"무엇이?"

"루크 말이에요. 뭔가 분위기가 달라진 것 같아요."

"……."

"저렇게 두면 나중에 도리안가에 정면으로 치고 들어갈 것 같고요."

율리안도 고개를 끄덕였다.

그 역시 그게 위험하다는 건 알고 있었다.

도리안가는 그저 호카처럼 작은 소도시를 치는 것과는 이야기가 달랐다.

그리고 상황상 그곳에는 코넬리오의 병력들도 있을 것이다.

호카에 철사자 기사단을 움직일 정도라면, 도리안에는 은사자 정도는 있을 터.

비록 철사자와 은사자가 초급 기사 위주로 구성된 이들이라고는 해도 명색이 코넬리오의 이름을 단 만큼 그 힘만큼은 상상을 초월했다.

호카에서 머물던 철사자들도 숫자가 적었던 데다가 혼란을 틈타 기습을 한 덕분에 이길 수 있었던 것이었지, 완전히 대열을 이룬 채로 대비하고 있었다면 이렇게 대승을 할 수는 없었을 것이다.

철사자가 그 정도인데 은사자는 어떻겠는가.

게다가 철사자와 은사자를 동시에 운용할 수 있는 인물도 왔을 것이다.

그 인물은 최소한 수석 기사나 장로급은 되겠지.

그런 놈들이 득실거리고 있는 도리안을 고작 다섯 명에서 치러 간다?

그건 자칫 목숨을 걸어야 할 정도의 위험이었다.

뿐만 아니라 코넬리오의 병력을 직접적으로 건드리는 만큼 정치적으로도 아주 복잡한 상황으로 흘러갈 수도 있었다.

"그건 알고 있다만, 나도 루크의 저 분노를 누그러뜨릴 수가 없구나. 아니, 누그러뜨리고 싶지 않구나."

평소에 무서울 정도로 침착하기만 한 루크가 저토록 분노한다면, 분명 그만한 이유가 있을 것이다.

그리고 루크가 그 정도의 분노를 느낄 일이라면, 아비로서 그 분노를 해소하도록 도와주고 싶었다.

"지금 우리가 할 수 있는 건 루크와 슈넬덴이 다치지 않도록 도와주는 것뿐이다."

"알겠습니다."

율리안 일행은 말없이 루크의 뒤를 따라갔다.

푹, 푹, 푸욱.

달조차 구름에 가려진 어두운 밤하늘.

그 아래에서 누군가 삽질하는 소리가 들려왔다.

이렇게 어두운 환경에서 삽질을 하다간 자칫 자신의 발을 찢을지도 몰랐지만, 사내에겐 불을 켤 생각이 없어 보였다.

마치 자신의 존재를 주변에 발각되기 싫은 것처럼.

푸욱, 푸욱, 푸우욱!

그의 호흡이 거칠어질수록 삽질의 깊이도 덩달아 깊어졌다.

그럼에도 본인이 찾는 건 나오지 않은 것일까.

일리아스는 삽을 바닥에 푹 찍었다.

"지도에 의하면 여기가 맞는 것 같은데."

그는 자신의 손에 들려 있는 낡은 책을 보며 중얼거렸다.

억지로 안력을 끌어 올려 글자를 들여다보았다.

도저히 내용을 알아볼 수 없는 기괴한 글자들이 적혀 있었다.

아니, 애당초 그게 글자인 것부터도 의심스러울 정도였다.

스윽.

그는 책을 얼굴 앞으로 더 가까이 가져왔다.

그제야 그 기괴한 글자 옆에 제대로 쓰여 있는 글자가 눈에 들어왔다.

기괴한 글자와 일대일로 대응되는 것으로 보아, 그 글자를 해석해 둔 것 같았다.

날이 갈수록 이성을 유지하기가 어렵다. 이젠 하루 중 제정신인 경우가 절반도 되지 않는다. 이대로라면 나도 형제들과 똑같이 될 것 같다. 그럴 바엔 차라리 혼자서 최후를 맞이하리라. 그곳에 슈넬덴이 잃어선 안 될 것을 남겨야겠다. 그것이 내가 할 수 있는 최소한의 사죄일 테니까.

그 아래에는 글쓴이가 은신한 장소가 나와 있었다.
'제가 꼭 찾아내겠습니다. 조금만 더 버티고 있어 주세요.'
위치를 확인한 일리아스는 다시 땅을 파기 시작했다.
얼마나 더 팠을까.
팅!
땅속에서 느닷없이 딱딱한 바위의 감각이 전해졌다.
혹시 땅속에 박힌 바위일까 싶어 다시 삽을 찔러 보았다.
그럴수록 그의 동공이 흔들렸다.
'이건 확실해. 그냥 바위가 아니야.'
콰아악!
일리아스는 삽에 마나를 불어 넣어 주변의 흙을 모조리 파 버렸다.
그러자 땅속에 파묻혀 있던 커다란 석문이 나타났다.
주룩.
일리아스는 석문을 보고 눈물을 흘리고 말았다.
자신이 찾아 헤매던 곳이 바로 여기였기 때문이다.
"이곳에서 최후를 맞이하셨던 거군요."
자신의 현조부이자 설풍검제의 선택을 받은 후계자, 카딘 슈넬덴.

그가 마지막 이성을 유지한 채로 최후를 보낸 무덤이 200
년을 넘어 비로소 발견된 것이다.

며칠 후.

접촉 가능.

루크는 일리아스로부터 쪽지를 받았다.

그 쪽지에는 접선을 할 시간과 장소도 함께 나와 있었다.

루크는 즉시 도리안으로 향했다.

"함정이면 어떡하려고?"

테오가 물었지만, 루크는 발걸음을 멈추지 않았다.

"어떤 함정이든 가지고 오라 그래. 내가 전부 박살 낼 거
니까."

"그럴 거면 우리도 데려가."

"그러든가."

그렇게 율리안과 테오 사단도 루크를 따라 움직였다.

약속 장소는 도리안 영지 내의 인적이 드문 숲속이었다.

그러나 약속 장소에는 아무도 나와 있지 않았다.

잠시 기다려 봤지만 일리아스가 나타나지 않는 건 마찬가지였다.

시간이 흐를수록 테오 사단은 점점 불안해졌다.

"약속 시간이 꽤 지났는데도 안 나타나는군요."

"그러게요."

"그놈이 우리를 속인 거 아니야?"

"그럴 수도 있겠구나."

테오의 말에 율리안이 고개를 끄덕이며 대답했다.

"혹시 뭔가 느껴지는 게 있으세요?"

"조금 전 그 후계자가 이 숲에 들어왔다. 그런데 그 주변에는 다른 기운도 여럿 느껴지는구나."

으드득!

테오의 이빨이 부서질 듯이 갈렸다.

숲에 여러 명과 함께 들어오다니.

누가 보더라도 이건 함정이었다.

그 사실에 스스로도 화가 치밀었지만, 지금은 그보다 먼저 해야 할 것이 있었다.

바로 루크를 말리는 것이었다.

"우리가 그 새끼 족칠 테니까 너는 기다리고 있어."

만약 루크가 직접 움직인다면, 정말로 그 후계자가 죽을 수도 있었으니까.

그러나 생각 외로 루크는 차분했다.

"글쎄, 그놈이 우리를 속인 건지 아닌지는 좀 더 두고 봐야겠어."

"그게 무슨 소리야?"

"그놈이 제 발로 함께하는 건 아닌 것 같거든."

"뭐?"

"보면 알겠지."

루크의 제안에 결국 그들은 이곳에서 좀 더 기다려 보기로 했다.

그리고 잠시 후.

"정말로 이곳에 다들 나와 있었군."

수풀 너머에서 비릿한 목소리가 들려왔다.

이윽고 한 사내가 수십의 기사와 함께 나타났다.

그의 뒤쪽에는 일리아스가 있었다.

그걸 본 테오가 눈을 부릅떴다.

'루크 말이 맞았어.'

일리아스는 포박된 채로 사내에게 끌려오고 있었다.

"읍, 읍!"

루크를 향해 뭔가를 말하고 싶어 보였지만, 입에 걸린 재갈 때문에 제대로 전달할 수가 없었다.

"일리아스 공, 저들은 공의 후계자 자리를 빼앗은 자들이오. 그런 자들과 작당을 모의하려고 하다니. 이를 대영웅과 설풍검제가 보셨다면 하늘에서 얼마나 통곡하실꼬."

"읍, 읍, 읍!"

데이먼은 눈물을 훔치는 시늉을 하며 말했다.

"어떻게 암시를 풀었는지 모르겠지만, 어쨌든 저들을 이 곳으로 불러 주어 고맙소."

"읍읍!"

"아, 걱정하지 마시오. 코넬리오는 결코 공로를 못 본 채 넘어가는 파렴치한이 아니니까.

씨익.

데이먼의 입가에 비릿한 미소가 그려졌다.

"저들을 이곳에 불러다 준 공로로 슈넬덴의 차기 가주 자리는 약속대로 공에게 드리겠소. 물론 더욱 강한 암시를 걸긴 해야겠지만 말이오."

"읍읍읍!"

"아, 근데 암시가 너무 강하면 평소에는 생각조차 하지 못하는 반병신이 되는 부작용이 있다던데, 괜찮겠소?"

데이먼이 일리아스를 가지고 놀고 있을 때였다.

"그러니까."

루크의 입에서 서늘한 목소리가 흘러나왔다.

목소리는 작았지만, 그 무게감은 주변을 모두 휘어잡을 정도로 컸다.

"음?"

"일리아스는 카딘의 후손이 맞고, 지금 네가 그놈을 납치

한 거지?"

"그렇네만, 뭐 불만이라도 있는가?"

데이먼의 말투에서는 여유가 철철 흘러넘쳤다.

"그거면 충분해."

"뭐라?"

"그 사실만으로도 너희들이 내 손에 죽을 이유로는 충분하다고."

스릉.

루크의 허리춤에서 벨무스가 뽑혀 나왔다.

"이런 상황에서도 그런 말이 나오다니. 용감하다고 해야 할지, 무모하다고 해야 할지."

그는 은사자 기사단에게 눈짓했다.

채채챙.

그들이 검을 뽑아 들며 루크 일행을 빙 둘러쌌다.

"당장 비켜라."

루크가 은사자들을 향해 나아갔다.

"내 앞에 얼쩡거리면 죽여 버릴 테니까."

루크의 눈에서는 그 어느 때보다 진한 살기가 감돌았다.

덜덜덜.

은사자들은 자신의 검 끝이 흔들리는 것을 느꼈다.

고작 한 명이 내뿜는 기세에 은사자 전원이 겁을 먹다니.

분명 자존심이 상하는 일이었지만, 지금 그들의 머릿속에는 그런 사실이 들어오지 않았다.

'정말로 목숨을 걸고 싸워야 한다.'

오직 그 생각만이 그들을 사로잡고 있었다.

그만큼 루크의 살기가 진득하게 느껴진 것이다.

그러나 그들 역시 코넬리오의 기사.

살기에 짓눌려 길을 비키는 삼류 기사들 같은 모습은 보이지 않았다.

오히려 포위망을 더욱 좁히며 루크를 더욱 압박했다.

"그래 봐야 상대도 초급 기사다!"

"그래, 대륙을 통틀어 우리보다 강한 초급 기사가 있을 리는 없지!"

루크는 그런 은사자들을 보며 벨무스를 움직였다.

새하얀 검신이 허공에 기다란 선을 그렸다.

슈와아아아악!

그 선이 은사자들을 향해 날아갔다.

그들은 직감했다.

'저 검기를 단신으로 막아 내기엔 위험하다.'

그럼 어찌해야겠는가?

츠츠츠츠─!

은사자들이 동시에 검기를 뿜어냈다.

여러 개의 검기가 모여 하나의 장벽을 만들었다.

키기기기긱.

루크의 검기가 그들이 만들어 낸 장벽에 막혔다.

그들이 괜히 은사자 기사단이 아니라는 걸 보여 주는 장면이었다.

하지만 루크가 뿌린 검기의 목적은 애당초 녀석들의 목숨을 끊는 것이 아니었다.

그저 그들의 시선을 돌리기 위한 것일 뿐.

파앗!

장벽 너머에 있던 루크의 신형이 사라졌다.

그 신형이 나타난 곳은 은사자 기사들 한가운데.

루크는 싸늘한 눈으로 검을 휘둘렀다.

촤악!

벨무스가 새하얀 반호를 그렸다.

은사자들이 어떤 반응을 보이기도 전에 그들의 몸에서 피가 솟구쳐 나왔다.

"크아아악!"

털썩, 털썩.

은사자 기사 넷이 한 번에 쓰러졌다.

그 광경에 주변이 일순간 싸늘하게 식었다.

혼자서 은사자 네 명을 한 번에 베어 버린 것 때문에?

그것보다는 루크의 검이 너무나도 독살스러웠기 때문이다.

쓰러진 기사들의 몸에 난 상처를 보라.

검기를 두른 검은 그 절삭력 때문에 상처가 자로 잰 듯 일자로 나기 마련이다.

그러나 은사자들의 몸에 난 상처는 마치 무딘 검으로 몇 차례 내려친 것처럼 표면이 거칠었다.

루크가 일부러 검기를 뒤틀어 상처를 매끄럽지 않게 냈기 때문이리라.

저런 상처는 더욱 고통스러울뿐더러 이후 치료하기에도

어렵다.

　기껏해야 스무 살짜리 어린아이의 검이 어찌 저렇게 독살스럽단 말인가.

　"……."

　정작 루크는 여전히 차갑게 내려앉은 눈으로 데이먼 쪽을 쳐다보았다.

　그 시선을 받은 데이먼도 흠칫 놀랐다.

　그리고 그는 자신이 놀랐다는 사실에 더 놀랐다.

　잠깐이지만 그가 루크의 기세에 겁을 먹었다는 의미였으니까.

　'어쨌든 이걸 들켜서는 아니 된다.'

　지금 모두의 시선이 데이먼을 향하고 있었다.

　두려움이라는 건 원래부터 전염성이 강한 법.

　특히 상관의 두려움은 훨씬 더 전염성이 강했다.

　지금 그가 느끼고 있는 이 두려움이 부하들에게 전해지기 전에 자신이 먼저 중심을 잡아야 했다.

　"뭣들 하는 거냐? 고작 스무 살짜리 애송이 한 명도 어쩌지 못해서 주춤거리는 것이냐?"

　데이먼의 외침에 은사자들의 정신도 조금씩 돌아왔다.

　"똑똑히 보아라. 저자는 슈넬덴의 후계 자리를 찬탈한 것도 모자라, 이제는 코넬리오의 기사에게 직접적인 피해를 입혔다. 가슴팍에 사자를 새긴 이로써 이를 가만히 넘길 것인가?"

데이먼은 뛰어난 기사일 뿐만 아니라 정치인이기도 했다.

그의 연설에 은사자들은 잠깐 흔들렸던 투지를 부여잡았다.

"으아아아아압!"

"갈가리 찢어 주마!"

은사자들이 고함을 지르며 루크를 향해 달려들었다.

쓰러진 동료들의 복수라도 하려는 듯, 이를 악물고 루크를 향해 검을 뻗었다.

수십 개의 검이 루크의 사방에서 날아들었다.

스르륵.

하지만 그런 상황에서도 루크의 검은 느릿하게 움직였다.

사락, 사라락.

그 검로를 따라 눈의 장벽이 쌓여 갔다.

채채쳉.

은사자들의 검은 설벽에 막혀 버렸다.

그뿐일까.

"아, 안 뽑혀!"

"검이 안 뽑혀!"

설벽이 그들의 검을 머금은 상태로 다시 얼어 버리는 바람에 검을 뽑을 수가 없었다.

순간 무기를 잃고 무방비해진 그들은 당황했다.

무기마저 없다면 자신들도 조금 전 쓰러진 동료들과 같은

신세가 될 테니까.

"어차피 이 설벽은 결국 오러로 만들어진 것이다. 우리가 어떤 검을 배운 건지 떠올려라!"

누군가의 외침에 은사자들은 퍼뜩 정신을 차렸다.

그들은 천하를 발아래 두는 패도의 검을 배운 자들.

코넬리오의 오러 앞에서 제 형태를 유지할 수 있는 오러 따위는 없다.

그들은 그렇게 확신하며 검에다 오러를 불어 넣었다.

그러자 검을 머금은 설벽도 서서히 녹아내리기 시작했다.

그제야 은사자들의 얼굴에 화색이 돌았다.

그들의 눈에 확신의 빛이 차오르기 시작할 때였다.

"홋."

루크가 코웃음을 쳤다.

"모든 것이 너희 패도 앞에 무너질 거라고 생각하는 건가? 여전히 오만하군. 그 오만함이 결국 너희를 좀먹게 될 테지."

푹.

루크가 허공에 점을 찍듯 검을 찔렀다.

그러자 견고하던 설벽에 무수히 많은 금이 생겨났다.

"어?"

기사들이 그 금을 보면서 고개를 갸웃했다.

그 순간 설벽이 깨졌다.

파캉!

퓨부부부부붓!

설벽의 파편들이 은사자들에게 쏟아졌다.

"으아아아아악!"

미세하게 쪼개진 파편들은 경갑을 너무나도 쉽게 뚫어 버린 뒤 은사자들의 몸을 파고들었다.

촤아아악-!

그들의 몸에서 피 분수가 터져 나왔다.

그렇다고 누구 하나 죽은 이는 없었다.

신관의 도움을 받는다면 얼마든지 치료할 수 있을 정도였다.

심장이나 허파 같은 주요 장기에는 파편이 튀지 않았기 때문.

하지만 은사자들의 몸은 이미 죽음에 대한 공포로 굳어 버렸다.

파편의 궤적을 완벽히 조정할 수 있다는 말은 그의 의사에 따라 저 파편들이 모두 자신의 심장에 박힐 수도 있다는 의미였으니까.

그 정적 속에서 루크의 입이 열렸다.

"정말 마지막으로 하는 경고다. 일리아스만 넘기면 더 이상의 희생은 없을 거야."

이미 온몸에 얼음 조각이 박혀 버린 은사자들은 차라리 데이먼이 일리아스를 풀어 주길 바랄 정도였다.

하지만 데이먼에게는 그럴 생각이 전혀 없었다.

일리아스를 이용한 계획은 가주께서 직접 내린 명령이었으니까.

"일리아스 공을 넘겨 달라?"

데이먼의 오른쪽 입꼬리가 올라갔다.

"정당한 후계자를 찬탈자의 손에 넘기다니, 공자 같으면 그리하겠는가?"

"……"

루크는 아무런 대답도 하지 않았다.

하지만 그의 머릿속에서는 이미 이성의 끈이 끊겼다.

데이먼은 그것도 모르고서 은사자들을 향해 외쳤다.

"코넬리오의 기사가 적에게 겁을 먹어 타협한다는 게 말이나 되는가? 그래 봐야 저놈 고작 한 명이다."

은사자들은 하는 수없이 또다시 루크를 향해 검을 뽑아야 했다.

"그래, 여기서 모조리 죽여 주지."

루크의 검이 막 움직이려 할 때였다.

누군가 루크와 데이먼 사이를 가로막았다.

그들을 본 루크의 눈썹이 미세하게 꿈틀거렸다.

자신을 가로막은 이는 율리안과 테오 사단이었기 때문이다.

"여기서 누군가 죽는다면, 그땐 정말로 코넬리오와 전쟁

을 치를지도 모른다. 네 계산상으로 지금 코넬리오와 전쟁을
하는 게 맞느냐?"

율리안의 말이 맞았다.

언젠가는 코넬리오와 전쟁을 치러야겠지만, 그게 지금은
아니었다.

아직 슈넬덴은 코넬리오와 전면전을 해서 이길 만한 전력
을 갖추지 못했으니까.

이런 상황에서 전면전을 일으킬 만한 명분을 만들어 주는
건 루크의 계산에 없었다.

"어차피 우리의 목적은 후계자를 확보하는 것이잖느냐.
그렇다면 이들에게 화풀이하지 말고 진짜 목적을 이루러 가
거라."

"그래, 이렇게 됐다가는 진짜 전쟁 나겠어."

테오까지 거들고 나섰다.

그제야 루크가 작게 심호흡을 했다.

폐부 깊이 숨을 들이마셨다 내뱉고 나니 머리끝까지 차올
랐던 화가 조금은 식는 것 같았다.

"후우, 알겠습니다. 일리아스만 무사히 데려올게요."

"그래, 제발 무사히만 데려오너라. 무사히만!"

"알겠습니다."

타앗!

루크는 단숨에 주위를 둘러싼 은사자들을 뛰어넘었다.

그러고는 곧장 데이먼의 앞에 착지했다.

인간이라고 보이지 않을 정도의 도약력이었다.

"내가 몇 번이나 말했잖아."

루크의 입에서 서늘한 목소리가 흘러나왔다.

"일리아스 놓아주라고."

루크로부터 피부가 따끔해질 정도의 살기가 쏘아져 나와 데이먼에게 꽂혔다.

평범한 사람이었으면 그 즉시 다리가 풀렸으리라.

하지만 데이먼도 코넬리오의 최연소 장로를 차지한 자였다.

츠츠츠.

자신의 몸을 휘감았던 루크의 살기를 눈짓 한 번으로 풀어 버렸다.

"일리아스를 놓아 달라? 허허허허!"

데이먼은 커다랗게 웃었다.

특유의 비릿한 웃음은 가시질 않았다.

"그럴 순 없지. 일리아스는 슈넬덴의 적통이 되어야 하거든. 본인이 원하든, 원하지 않든 말이야."

"이 정도 경고했는데도 알아 처먹질 못하면 정당방위로 봐야지."

서걱!

루크는 말이 끝나기가 무섭게 벨무스를 휘둘렀다.

지금까지는 살생을 피하려고 살기를 어느 정도 억눌러 놓은 검이었지만, 이번에는 달랐다.

그건 반드시 누군가를 단칼에 베기 위한 검이었다.

챙!

데이먼도 검을 들어 벨무스를 막아 냈다.

두 개의 검 모두 보통 사람의 눈으로는 쫓기도 힘들 정도의 속도였다.

"공자, 조심하게. 감히 나를 향해 검을 겨눈 자들 중에 살아남은 자는 없으니까."

"그래? 그럼 내가 그 첫 생존자가 되겠네. 그리고 너는……."

휙!

루크는 검을 옆으로 비틀었다.

팽팽하게 유지되던 균형이 뒤틀어지며, 벨무스가 데이먼의 가슴팍을 향해 날아들었다.

"여기서 죽는 거고."

카가가각!

데이먼도 무너진 균형을 잡으며 루크의 검을 막아 냈다.

"제법이긴 하네만, 고작 그 정도로는 코넬리오의 최연소 장로인 나를 벨 수는 없네."

"수석 기사는 검술, 장로는 정치. 그게 코넬리오의 직급 체계잖아."

"음?"

데이먼은 그 말을 이해하지 못하고 고개를 갸웃했다.

"그러니까 네가 코넬리오의 최연소 장로라는 건 또래에서 제일 강한 게 아니라, 제일 아가리를 잘 털었다는 거지."

데이먼의 인상이 팍 찌푸려졌다.

"네가 넘지 말아야 할 선을 넘어 버렸군. 이대로……."

데이먼이 어금니를 꽉 깨문 채로 경고하려 할 때였다.

그와 검을 맞대고 있던 루크의 모습이 말 그대로 눈 한 번 깜짝하는 사이 사라지고 없었다.

'어느 틈에?'

눈은 깜빡였을지언정, 그의 감각은 여전히 열려 있었다.

그러나 그 감각도 루크의 움직임을 쫓지 못했다.

팟!

루크의 신형이 바로 뒤에서 나타났을 때서야 데이먼도 알아차렸다.

그땐 이미 벨무스가 자신의 목덜미 바로 앞까지 도달한 상황.

'이런!'

데이먼은 깜짝 놀라며 뒤쪽으로 검을 휘둘렀다.

그래도 이 정도라면 목이 꿰뚫리는 것은 막을 수 있으리라.

그러나 검을 든 손으로 아무런 충격도 전해지지 않았다.

애당초 그 벨무스는 미끼였다는 걸 깨달은 건 복부에 강한 충격이 전해졌을 때였다.

콰악!

루크의 발이 데이먼의 등에 꽂혔다.

짧고 둔탁한 타격음이 들려왔다.

슈우우우우웅ㅡ!

데이먼의 몸이 앞으로 날아가더니, 아름드리나무 열댓 그루를 부수고 나서야 바닥에 처박혔다.

율리안과 테오 사단, 그리고 은사자들이 일제히 행동을 멈췄다.

그리고 데이먼이 처박힌 곳을 쳐다보았다.

그곳에는 거대한 구덩이가 생겨 버렸다.

저게 과연 발길질에 날아간 사람이 남긴 흔적이 맞단 말인가?

그들의 시선이 루크 쪽으로 천천히 옮겨 갔다.

"내가 약속하지."

루크의 싸늘한 목소리가 흘러나왔다.

"너는 두 번 다시 그 아가리를 털 수 없을 거야."

◈

후두둑.

커다란 나무들이 머리 위로 쓰러졌다.

일반인이 밑에 깔렸다면 목숨이 위태로웠겠지만, 데이먼에게 큰 충격을 줄 정도는 아니었다.

실제로 그의 몸에 부딪힌 나무가 오히려 부서졌으니까.

그럼에도 데이먼이 충격을 받은 채로 멍해진 이유는 따로 있었다.

'방금 무슨 일이 있었던 거지?'

욱신.

복부에서 강렬한 고통이 전해졌다.

그리고 눈앞에는 살기가 뚝뚝 묻어나는 시선으로 이쪽을 보고 있는 루크도 보였다.

'그러니까 지금 내가 저놈의 주먹에 맞은 건가?'

얼마나 순식간에 벌어진 일이었으면, 본인이 맞았다는 사실을 인지하는 것조차 이렇게 오래 걸리겠는가.

그 사실을 인지하고 나자 오히려 웃음이 나왔다.

'재밌군.'

칼밥을 먹고 사는 사람들이라면 이 기분을 이해할 수 있을 것이다.

오랜만에 제대로 한번 붙어 볼 만한 상대가 나타났을 때 느껴지는 묘한 긴장감과 전율 말이다.

이런 감정을 슈넬덴의 가주도 아니고, 고작 공자가 불러일으키다니.

어째서 가주께서 저 녀석을 예의주시하는지 알 것도 같

았다.

'나도 가주님의 눈에 든 건 30세가 넘어서였거늘, 고작 저 나이에 가주님의 관심을 받는다라…….'

씨익.

데이먼의 입가에 진한 미소가 번졌다.

"그럴수록 더더욱 내 손으로 무너뜨려 주고 싶군."

쏟아진 나뭇더미 밑에서 데이먼이 몸을 일으켰다.

그러고는 루크를 향해 걸어왔다.

고오오오오.

그의 몸 주변으로 아지랑이가 피어오르기 시작했다.

코넬리오의 패도를 배웠음을 증명하는 아지랑이였다.

그 존재감만으로 벌써 주변의 공간에 영향을 주고 있는 것이다.

"…….'"

루크는 아무 말도 없이 그런 데이먼을 바라만 보고 있었다.

데이먼은 루크가 자신의 기운에 압도당한 것이라고 생각했다.

"이제야 사람을 잘못 건드렸다는 생각이 드는 건가?"

"나도 원래 싸울 때 말이 많은 편이거든."

루크의 눈에서 안광이 번뜩였다.

"하지만 너랑은 도저히 말을 섞을 기분이 안 드네."

타앗!

루크가 데이먼을 향해 쇄도했다.

그가 달려 나간 궤적을 따라 하얀 서리가 흩뿌려졌다.

벨무스가 공기마저 얼려 버리며 데이먼의 심장을 노렸다.

"고작 한 방을 먹인 것 가지고 건방지구나."

쿠구구구.

데이먼의 검에서도 거대한 기운이 쏟아져 나왔다.

창천제패검.

일전에 만국연회에서 가이몬 코넬리오가 보여 준 적이 있던 바로 그 검이었다.

"그 오만한 자존심은 내가 꺾어 주마."

채앵!

두 개의 검이 허공에서 부딪쳤다.

검기에 둘러싸인 검은 충돌과 동시에 강한 충격파를 일으켰다.

챙!

그들은 충격파가 퍼지기도 전에 다음 합을 겨뤘다.

일리아스는 루크와 데이먼의 대결을 넋 놓고 쳐다보고 있었다.

그의 눈동자는 쉴 새 없이 움직였지만, 그럼에도 그들의 싸움을 모두 쫓아가지 못했다.

콰앙!

검과 검이 부딪칠 때마다 폭음이 터져 나오며, 그 잔해물이 사방으로 날아갔다.

저게 어딜 봐서 기사들의 싸움이라고 하겠는가.

초자연적인 힘을 다루는 마법사들의 싸움도 저 정도로 격렬하지는 않으리라.

놀라운 건 비단 루크의 무위뿐만이 아니었다.

중앙에서 은사자 기사단과 겨루고 있는 다른 이들도 마찬가지였다.

은사자 기사들이 내지른 검을 너무나도 쉽게 쳐 내는 건 당연했고, 그렇게 만들어 낸 빈틈을 향해 검을 찔러 넣는 것도 순식간이었다.

그뿐일까.

한 사람이 반격을 하느라 생긴 공백은 다른 사람이 완벽하게 막아 주기까지 했다.

한 몸처럼 움직인다는 표현이 저렇게까지 잘 어울릴 수가 있을까.

'슈넬덴이 이토록 강했나?'

슈넬덴이 최근 몰라보게 강해졌다는 이야기는 익히 들어왔다.

자신도 호카에서 그 장면을 직접 목격하기도 했다.

그러나 그때까지도 슈넬덴이 이렇게까지 강한 줄은 몰랐다.

'이것이 진짜 슈넬덴이구나.'

자신의 기억 속에 있는 슈넬덴은 금방이라도 무너질 것처럼 위태로운 곳이었다.

반면에 지금 자신이 보고 있는 슈넬덴은 선조의 일기장에서 읽었던 200년 전의 찬란했던 슈넬덴을 직접 보는 것 같았다.

심지어 지금 보여 주는 것이 다가 아니었다.

"상대가 꽤나 많구나."

"둘러싸이면 저희가 불리할 것 같아요. 한 번에 밀어내겠습니다."

슈넬덴의 또 다른 공자인 테오가 말했다.

우웅ㅡ!

테오로부터 알 수 없는 울림이 퍼져 나왔다.

이어서 그의 검에 새하얀 검기가 서렸다.

사라락ㅡ!

검을 새하얗게 물들어 버릴 정도로 진해진 검기가 이내 눈송이처럼 흩날리기 시작했다.

"……!"

그걸 본 일리아스는 눈이 찢어질 것 같이 커졌다.

바람을 타고 살랑이는 새하얀 눈송이.

그동안 선조의 일기에서 글로만 읽어 왔던 것과 똑같았다.

'현조부의 묘사가 그저 비유가 아니었구나.'

그건 눈처럼 보이는 검기가 아니라 정말로 눈이라고 착각이 들 정도로 아름다웠다.

저걸 보니 이제야 확신이 들었다.

본가에 도움을 청하려고 했던 것은 절대 잘못된 선택이 아니라는 것을.

오히려 이보다 좋은 선택지는 없었다는 것을.

'저들이라면 코넬리오로부터 나를 구해 줄 수 있을 뿐만 아니라, 그곳을 열 수도 있겠구나.'

물론 그러기 위해서는 한 가지 조건이 반드시 충족되어야만 했다.

채채채채챙!

세상의 종말을 앞둔 결투라도 하는 것처럼 치열한 대결을 벌이고 있는 루크.

그가 데이먼을 이겨 줘야만 한다는 것이다.

은사자 기사단이 모두 쓰러진다고 하더라도, 데이먼이 남아 있다면 목적을 이룰 수 없으리라.

꽈악.

그의 주먹에 힘이 바짝 들어갔다.

'제발 이겨 주게나. 그래서 나를 구해 주고 현조부의 넋을

기려 주게나.'

그는 그 어느 때보다 간절한 마음으로 루크의 대결을 지켜
보았다.

코넬리오 장로와 슈넬덴 공자의 대결.

그러나 루크의 검은 결코 데이먼에게 밀리지 않았다.

아니, 밀리지 않는 정도가 아니었다.

오히려 시간이 갈수록 루크가 데이먼을 밀어붙이는 모양
새처럼 보일 지경이었다.

캉!

검과 검이 맞부딪치는 순간, 루크는 손목을 꺾어 검로를
바꾸었다.

벨무스는 마치 연검처럼 휘어지며 데이먼의 심장을 향해
뻗어갔다.

'뭣?'

숱한 전투 경험이 있던 데이먼조차 예상하지 못했던 검로
의 변화였다.

그는 서둘러 검을 회수하며 동시에 몸을 뒤로 뺐다.

촤악!

가슴팍에서 핏물이 베어 나왔다.

"칫."

데이먼은 그 상처를 보며 인상을 찌푸렸다.

분명 검은 제때 피했다.

그럼에도 상처가 생긴 이유는 저 검에서 흘러나온 검기 때문일 것이다.

"그 나이치고는 검기가 제법 날카롭게 다듬어져 있군. 허나 그것도 네 나이에 비해서일 뿐!"

쿠구구구구.

데이먼의 검이 더욱 강한 존재감을 내뿜었다.

그는 그 강력한 검으로 루크의 머리를 내리찍었다.

카가가각!

벨무스가 루크의 바로 코앞에서 창천제패검을 막아 냈다.

바로 그 순간이었다.

데이먼의 입꼬리가 올라갔다.

그건 명백한 비웃음이었다.

"내게 있어 창천을 제패한 검은 하나가 아니지."

데이먼의 왼손에는 어느새 또 다른 검이 들려 있었다.

지금 것보다 길이가 짧은 검.

그 길이로 봐서는 평소에도 소매 속에 넣고 다니는 것처럼 보였다.

그러나 그의 손에 들려 있는 이상, 그 검은 고작 짧은 검이 아니었다.

쿠오오오오!

짧은 검신에 무형의 검기가 맺히며 존재감을 키워 나가더니, 어느새 오른손에 들려 있던 검과 비슷해졌다.

그리고 데이먼은 그 검을 휘둘렀다.

콰아아아아아아!

데이먼의 검기가 하늘을 두 동강 낼 것 같은 기세로 루크에게 날아들었다.

고작 단검에서 저 정도 검기를 뽑아내는 것 자체도 놀라웠지만, 데이먼은 거기서 그치지 않았다.

꾸욱.

그는 동시에 오른손으로는 루크를 강하게 내리눌렀다.

이대로 가만히 있으면 저 검기에 루크의 몸이 산산조각이 나고 말 것이다.

그렇다고 검기를 막기 위해 움직인다면, 머리 위의 검이 그의 몸을 두 동강 낼 것이고.

말 그대로 진퇴양난의 상황.

데이먼의 미소가 짙어졌다.

"어떤 길을 선택한다고 한들, 자네에게 남은 것은 내 앞에 무릎을 꿇는 것이라네."

누구라도 그의 말을 허풍이라 생각하지 않았을 것이다.

루크를 향해 쇄도하는 검기와 머리 바로 위의 검.

여기서 무엇을 막는다고 하더라도, 결국에는 다른 쪽에 당하고 말 테니까.

스르륵.

루크는 벨무스에 가하고 있던 힘을 풀었다.

결국 머리 위쪽을 포기하고 검기를 막기로 한 것이다.

'누구 마음대로!'

데이먼은 검을 더욱 내리눌렀다.

루크가 감히 검기 쪽으로 검을 움직일 수 없도록.

카앙!

그러나 오히려 데이먼의 창천제패검이 튕겨 나갔다.

콰아아아아아!

그리고 루크는 직후에 자신을 향해 쇄도하던 검기를 막아
냈다.

거의 동시라고 봐도 무방할 정도의 속도.

검기는 루크의 검을 기준으로 두 갈래로 갈라졌다.

'뭣이?'

데이먼의 눈이 부릅떠졌다.

창천제패검을 밀어낸 것도 놀랍지만, 그것도 전력을 다한
게 아니라는 의미였다. 정말 있는 힘껏 밀어냈다면 절대 이
토록 빠르게 검을 회수할 수는 없었으니까.

부르르.

데이먼의 눈에는 문득 자신의 검신이 떨리고 있는 것이 들
어왔다.

그 순간 그는 루크가 어떻게 두 공격을 거의 동시에 막았는지 깨달았다.

'이건 악투스의……?'

악투스와도 붙어 본 적이 있기 때문에 알고 있었다.

이건 그들이 사용하는 힘의 순환이라는 것을.

루크는 창천제패검은 자신의 힘을 이용해 튕겨 내고, 본인의 힘은 검기를 막는 데 사용한 것이다.

'악투스 비전의 핵심을 어째서 슈넬덴의 공자가 쓰고 있는 거지?'

그러나 지금은 그걸 궁금해하고 있을 때가 아니었다.

쐐애애액—!

루크의 검이 자신의 목덜미에 붉은 선을 남겼으니까.

데이먼이 가까스로 몸을 피했다.

촤악!

그럼에도 목에 몇 가닥 붉은 선이 그어졌다.

만약 몸을 빼는 속도가 조금이라도 늦었다면 저 선을 따라 자신의 목이 잘려 나갔겠지.

그렇게 생각하니 뒷목이 섬뜩해졌다.

그리고 그 앞에서 더욱 섬뜩한 목소리가 들려왔다.

"슈넬덴에 손을 댄 녀석은 절대 가만두지 않는다. 그런데 그 범인이 코넬리오라면 더더욱 가만둘 수 없지."

루크는 피가 뚝뚝 떨어지는 벨무스를 들고 걸어오며 말

했다.

데이먼의 얼굴에는 어느새 미소가 사라졌다.

그 자리에는 긴장만이 자리하고 있었다.

'가주께서 조심하라고 하신 게 미래를 보고 말한 게 아니었구나.'

이놈은 그저 장래가 출중한 후기지수 정도가 아니었다.

지금 당장 코넬리오에 온다고 해도 저 녀석을 이길 만한 사람은 그리 많지 않을 것이다.

'수석 기사급에서는 중간 이상, 장로급에서는 최상급이겠는데.'

그건 결코 과대평가가 아니었다.

비록 그가 장로들 중에선 약한 축이라고는 해도, 몇몇 장로를 제외하고는 이렇게까지 밀릴 실력은 아니었다.

그런데 그런 그가 루크에게는 일방적으로 밀리고 있지 않은가.

'그렇다고 여기서 고작 스무 살짜리 공자에게 당할쏘냐.'

다행인 점은 자신이 배운 검술이 코넬리오의 검술이라는 것이다.

그게 무엇이 중요하냐고?

지난 200년간 코넬리오에서는 슈넬덴의 검에 상성인 비전을 만들어 왔으니까.

데이먼은 마나를 최대치로 끌어올렸다.

화르르르륵!

그와 함께 그의 검에서 불꽃이 피어올랐다.

피를 연상시킬 정도로 새빨간 불꽃이었다.

그걸 본 루크의 눈썹이 꿈틀거렸다.

루크 역시 본 적이 있는 검술이었으니까.

"천수홍염검인가?"

"이 검을 알고 있는가?"

"만국 연회에서 너희 가문 도련님이 쓰는 걸 본 적이 있지."

"그러고 보니 가이몬 공자가 슈넬덴의 공자에게 패했다고 하더니, 그게 자네였군."

화르르르륵.

데이먼이 자세를 잡자 그의 검에서는 더욱 짙은 불꽃이 뿜어져 나왔다.

"하나 당시의 가이몬 공자는 이제 막 천수홍염검을 배운 것에 불과했다네. 그것과 똑같이 보면 곤란하네."

그의 왼손에 들려 있던 단검에서도 또 다른 불꽃이 피어올랐다.

데이먼의 입에선 자신만만한 목소리가 흘러나왔다.

"눈은 불꽃 앞에서 존재할 수 없는 법이지. 그게 자연의 이치라네."

"지겹군. 그놈의 자연의 이치."

"뭐라?"

루크는 말없이 벨무스를 뻗었다.

데이먼은 의아한 시선으로 그 동작을 보았다.

화르르르륵!

그 순간 벨무스에서도 불꽃이 타올랐다.

"그런 불꽃이라면 나도 가지고 있는데."

루크의 왼손에서는 붉은빛이 은은하게 감돌고 있었다.

불꽃.

어쩌면 슈넬덴과는 거리가 가장 먼 단어였다.

모두가 아는 대로 눈은 불꽃과 함께 존재할 수 없었으니까.

그런데 그런 불꽃이 슈넬덴 공자의 검 위에서 피어나다니.

이 장면을 누가 믿을 수 있겠는가.

하지만 그건 명백히 눈앞에 펼쳐진 사실이었다.

"어째서 슈넬덴이……!"

"그것까지는 알 필요 없어."

우우웅-!

루크의 코어가 공명했다.

그 속에선 화마의 화기와 홍염의 잔의 열기가 뒤섞였다.

휙-!

루크가 붉은 벨무스를 휘둘렀다.

그 검로를 따라 불꽃이 흩날렸다.

마치 설산의 눈이 흩날리듯.

레오드린과의 전투 때 흩날렸던 불꽃이 붉은 점 같았다면, 지금은 더욱 홍련에 가까웠다.

'그동안 틈틈이 갈고닦은 보람이 있군.'

루크는 그 광경에 만족하며 불꽃을 더욱더 세차게 흩날렸다.

자신보다 더 뜨겁게 타오르는 불꽃을 보았기 때문일까.

데이먼의 검신에서 타오르던 불꽃이 점점 그 빛을 잃어 갔다.

당황한 데이먼의 귀로 루크의 목소리가 들려왔다.

"홍련화설검."

스스스슷.

루크의 검로를 따라 눈처럼 흩날리던 홍련이 일제히 방향성을 띠었다.

휘이이이잉-!

홍련은 데이먼의 주위를 맹렬하게 회전했다.

데이먼은 자신의 불꽃으로 홍련을 밀어내려 했지만, 오히려 홍련에 닿을 때마다 자신의 불꽃만 약해지는 느낌이었다.

치이익.

"크윽."

오히려 그 틈을 파고든 루크의 불꽃이 그의 피부를 태웠다.

데이먼은 빨갛게 부어 버린 피부를 보며 입술을 짓씹었다.

'어째서 대영웅의 불꽃이 슈넬덴의 불꽃에 밀린단 말인가.'

비전은 창시자의 깨달음을 담은 무학인 만큼, 기본적으로 창시자의 실력을 따라갈 수밖에 없다.

물론 비전을 사용하는 운용자의 실력에 따라 달라지기도 하겠지만, 그들의 실력 차를 고려해도 자신의 불꽃이 일방적으로 밀릴 정도는 아니었다.

온갖 생각으로 혼란스러움이 극에 달할 무렵.

오히려 복잡하던 머릿속에서 한 가지 생각만이 떠올랐다.

'내 검이 약해진 게 이 고민 때문이구나.'

데이먼은 고개를 세차게 흔들었다.

코넬리오의 검이 어떤 검이던가.

패자의 검이다.

자신이 가장 높은 곳에 있음을 스스로 인정하지 않는다면, 당연히 그 위력이 나올 수가 없다.

지금 자신의 불꽃이 터무니없을 정도로 밀리는 이유도 바로 마음속에 싹튼 의심 때문이리라.

'오래도록 심법을 수련했건만 여전히 갈 길이 멀구나.'

그걸 인정하고 나자 번잡하던 마음에도 평안이 찾아왔다.

어째서 일개 공자 주제에 자신보다 강할 수 있는지.

어째서 슈넬덴의 공자가 악투스의 힘의 순환을 사용하는 것인지.

또 어째서 슈넬덴의 눈송이가 불꽃이 되어 흩날리는 것인지.

그리고 어째서 자신의 불꽃이 슈넬덴의 불꽃 앞에서 맥을 추지 못한 것인지.

그 모든 의문이 사라졌다.

답은 저 녀석이 그만한 실력을 갖추고 있기 때문이었다.

코넬리오의 가주가 직접 인정한 후기지수.

그의 명성에는 조금의 거품도 없었다.

아니, 오히려 본 실력보다도 더 저평가되었다.

거기서부터 지금 자신의 마음속에 혼란이 찾아온 것이다.

그러나 코넬리오의 기사라면 상대의 실력에 따라 태도가 바뀌어서는 아니 됐다.

그 어떤 상대를 만나더라도, 설령 자신의 상대가 코넬리오의 가주라고 하더라도.

언제나 자신이 가장 높은 곳에 오른 패자라고 여겨야 했다.

그 고고함에서 나오는 검이야말로 그가 지금껏 갈고닦아 온 코넬리오의 검을 극한으로 펼치는 방법일 테니까.

'나는 모든 것의 정점, 패도를 향해 나아가는 자. 나로서 오롯이 존재하니 주변의 그 무엇도 내게 영향을 끼칠 수 없다.'

화르르르륵.

홍련화설검 앞에서 빛을 잃어가던 불꽃이 다시 살아났다.

아니, 다시 살아나는 정도가 아니었다.

여태껏 사용했던 천수홍염검 중에서도 가장 크고 강렬한 불꽃이 피어났다.

마치 한여름의 태양을 보는 것처럼 짙게 타오르는 검.

그걸 본 데이먼 스스로도 놀랐다.

'이건?'

가문 내에서는 흔히 각성이라 부르는 순간이 찾아온 것 같았다.

자신보다 강한 상대와 목숨을 걸고 싸울 때, 각성의 순간이 찾아온다고 했던가.

'그러니까 고작 슈넬덴의 공자 정도로 생각했던 저 녀석이 내게 각성을 일으킬 수 있는 상대였단 말이군.'

쿠구구구구.

데이먼은 자신의 마나를 제한하지 않고 터뜨렸다.

그 마나를 장작 삼아 천수홍염검은 더욱 강한 불꽃을 피워냈다.

"고맙네."

데이먼은 마치 세상을 통달한 현자와 같은 목소리로 말했다.

"덕분에 오랫동안 잊어버리고 있던 것을 깨달았네. 내가 어떤 검을 배우고 있었던 건지 말일세. 가문을 떠나 같은 무인으로서 감사의 인사부터 전하지."

데이먼은 루크를 존중하는 마음에서 말했다.

이유야 어쨌든 루크가 자신에게 중요한 깨달음을 주지 않았던가.

그러나 루크의 반응은 예상했던 것과 전혀 달랐다.

"지랄하고 있네."

"음?"

"가문을 떠나 같은 무인으로서 감사의 인사를 전해? 누구 마음대로?"

루크의 표정이 일그러졌다.

"카딘 슈넬덴의 후손을 이용해 슈넬덴을 삼키려고 한 놈들이 인제 와서 깨달음을 얻은 무인 행세를 하겠다는 건가?"

"그건……."

스륵.

루크는 데이먼의 말을 다 듣지도 않고 벨무스를 겨눴다.

화르르륵.

그와 함께 홍련들이 다시 흩날렸다.

"네가 슈넬덴을 건드린 이상, 너한테 베풀어 줄 자비나 존중 같은 건 없어."

"허…… 그렇다면 그 인사는 나중에 다시 전하도록 하겠네!"

타앗!

데이먼은 말을 끝마침과 동시에 망설임 없이 홍련들 사이로 달려들었다.

치이이이익!

불꽃이 제 몸에 닿아 타들어 갔지만, 그건 중요하지 않았다.

지금 그의 눈에 들어오는 것은 오직 루크 슈넬덴.

저자를 꺾을 수만 있다면, 몸에 지워지지 않는 화상을 남기는 것 정도는 문제도 아니었다.

쐐애애애애액!

데이먼의 검이 루크의 목을 향해 날아들었다.

휙!

루크도 검을 들어 데이먼의 검을 막아 냈다.

콰아아아앙!

두 개의 검이 맞부딪치며 사방으로 불꽃이 튀었다.

그 속에서 더욱 강한 불길이 치솟았다.

파앗!

그 불길을 뚫고 두 개의 섬광이 맞붙었다.

카앙!

루크가 찌른 검을 데이먼이 몸을 비틀어 쳐 냈다.

데이먼은 몸을 비틀어 만든 회전력을 이용해 검을 휘둘렀다.

화르르륵.

세 갈래의 불꽃이 루크를 향해 덮쳐들었다.

동시에 각기 다른 방향으로 치고 들어오는 불길.

카앙, 카앙, 카앙!

그러나 루크는 세 개의 불꽃을 모두 막아 냈다.

'어차피 저놈을 상대로 잔재주는 통하지 않는다.'

데이먼은 빠르게 최종장을 향해 나아갔다.

그의 불꽃이 점차 형상을 갖춰 갔다.

루크에게는 너무나도 익숙한 모습.

마룡의 모습을 본떠 만들어진 것 같은 홍염의 비룡이었다.

홍염의 비룡은 주변의 불꽃들을 모두 집어삼키며 루크에게 달려들었다.

그 순간 데이먼은 확신했다.

'이거면 됐다.'

지금껏 사용했던 천수홍염검 중에서 이보다 더 완벽했던 것은 없었다.

이 정도라면 루크도 쓰러뜨릴 수 있으리라.

하지만 그 모든 건 그 자신만의 착각에 불과했다.

"두 번을 봐도 그 용은 역겹네."

루크가 벨무스를 휘두르며 말했다.

주변에 흩날리던 홍련이 그의 검으로 다시금 모여들었다.

콰아아아아!

그 홍련은 커다란 벽이 되어 화룡의 길을 막아섰다.

"하아아압!"

데이먼이 마나를 더욱 폭발시켰다.

이 정도라면 화룡이 저 벽을 뚫어 낼 수 있으리라.

그리고 그건 그의 예상이 맞았다.

콰앙!

화룡은 홍련의 장벽을 뚫어내고 앞으로 나아갔다.

하지만 그 장벽 뒤에는 아무도 없었다.

"응?"

데이먼의 고개가 갸웃하는 순간이었다.

뒤쪽에서 서늘한 호흡이 느껴졌다.

이 서늘한 기운.

돌아보지 않고도 알 수 있었다.

그 정체가 루크라는 것을.

루크는 처음부터 이쪽을 노리고 있었던 것이다.

휘이익!

어느새 불꽃이 꺼졌는지, 한기를 두른 벨무스가 번쩍였다.

캉!

휘리리리릭.

벨무스가 데이먼의 검을 날려 버렸다.

푸욱.

하늘 높이 날아간 검은 뒤쪽에 있던 나무에 박혔다.

빈손이 되어 버린 데이먼은 허탈한 웃음을 지으며 두 손을 들어 올렸다.

"내 패배를 인정하지. 슈넬덴 공자의 실력이 이 정도였다니 믿을 수가 없군."

그의 표정에선 아쉬울지언정 두려움은 느껴지지 않았다.

이 상태로 루크가 검을 휘두르기만 해도 자신은 죽은 목숨일 텐데도.

그도 그럴 것이 그에게는 믿음이 있었다.

녀석이 자신을 죽이지는 못할 거라는 믿음이었다.

그도 그럴 것이 자신은 코넬리오의 장로였으니까.

"내가 졌으니 일리아스는 내주겠네. 하나 여기서 끝은 아닐 것이네. 코넬리오는 한 번 원한 것은 무슨 수를 써서라도 다시 가지려고 하거든."

데이먼의 탐욕스러운 시선이 루크를 훑었다.

"물론 그 원하는 것이 슈넬덴에서 자네로 바뀔 수도 있을 것도 같군."

"……."

루크는 아무런 대답도 없이 데이먼을 바라보고 있었다.

그 무미건조한 눈에서는 어떤 생각을 하고 있는지 알 수가 없었다.

"그래도 자네 정도라면……"

푹.

데이먼의 말이 도중에 멈췄다.

그는 복부에서 느껴지는 고통에 고개를 내렸다.

어느새 루크가 다가와 그의 복부에 검을 찔러 넣고 있었다.

"쿨럭!"

피가 역류해 입으로 튀어나왔다.

데이먼의 눈은 찢어질 것처럼 커졌다.

"어, 어, 어째서 나를……?"

믿을 수가 없었다.

코넬리오의 장로를 죽인다는 건 곧 코넬리오와의 전쟁을 의미하는 것이니까.

아무리 루크가 과감한 선택을 많이 한다지만, 설마 이렇게까지 나올 줄은 몰랐다.

그때 귓가로 루크의 목소리가 들려왔다.

"어디서 같잖게 현자 코스프레야? 너는 이게 비무처럼 보이냐?"

"끄으윽."

루크가 검을 비틀자 데이먼이 더욱 고통스러워했다.

"슈넬덴의 후손을 이용해 슈넬덴을 통째로 삼키려고 한 놈에게 자비를 베풀 거 같았어?"

"하, 하지만 나는……!"

"네가 코넬리오의 장로든 가주든 상관없어. 슈넬덴을 건드렸으면, 그놈은 반드시 죽는 거니까."

쑤우욱.

루크가 검을 떠 깊게 찔러 넣자, 데이먼이 더욱 고통스럽게 몸부림쳤다.

　루크는 그런 데이먼을 보며 비릿하게 웃었다.

　"그래도 걱정 마. 나도 지금 당장 코넬리오와 싸울 생각은 없어서 네 목숨까지 끊지는 않을 거거든."

　우우웅.

　루크의 코어가 공명하더니 마나가 벨무스를 타고 데이먼의 몸에 흘러 들어갔다.

　쩌저저적.

　마나가 흘러간 자리에 살얼음이 끼었다.

　이번엔 루크가 화기가 아닌 한기를 이용했다는 의미.

　"끄아아아아아악!"

　곧 데이먼의 입에서 비명이 터져 나왔다.

　화기로 달구어진 그의 회로에 한기가 스며들면서 급격한 손상이 일어난 것이다.

　"뭘 하려는…… 겐가?"

　"보면 모르겠어? 네 주요 회로를 모조리 부쉬 버릴 생각이지."

　"다, 당장 그만두게!"

　데이먼이 사색이 되어 외쳤다.

　그러나 이미 회로의 손상이 시작된 탓에 몸을 움직일 수가 없었다.

이대로 회로가 부서지게 되면, 자신은 영영 검을 들 수 없게 되리라.

　"너도 코넬리오의 장로니까 잘 알겠지? 너희들이 쓸모없어진 것을 어떻게 대하는지."

　"끄으으윽."

　데이먼은 이를 꽉 깨물었다.

　그도 알고 있었다.

　자신의 회로가 망가진 것이 다른 이의 귀에 들어가게 된다면, 아마 그 즉시 자신의 장로 자리는 위험하게 될 것이다.

　자신 역시 그렇게 장로 자리를 차지했으니까.

　"제발 그것만은…… 아니 되네."

　"그게 싫었으면 슈넬덴을 건들지 말았어야지."

　"끄, 끄아아아아악!"

　쑤욱.

　회로가 절반쯤 부서졌을 무렵, 루크가 검을 뽑아냈다.

　"끄으으윽."

　데이먼은 반쯤 눈이 풀린 채로 루크를 노려보았다.

　"어째서 절반은 남겨 둔 것인가?"

　"아, 그거?"

　루크의 입꼬리가 위로 올라갔다.

　"어디 돌아가서 잘 숨겨 보라고, 회로 부서진 거."

　"뭐, 뭐라?"

"아, 그러면 여기서 있었던 일들도 다 숨겨야겠지? 부하들 입을 막는 것도 네 몫이겠고."

원래 사람은 희망이 있는 한 멈출 수 없는 법이다.

회로가 모두 망가진 게 아니라 반만 망가졌다면, 녀석은 어떻게든 그 사실을 숨기려 할 것이다.

그래야 지금 자신이 누리고 있는 것들을 모두 누릴 수 있을 테니까.

그리고 그걸 숨기려면 여기서 있었던 일도 적당히 각색을 해야 할 것이다.

그것도 아주 필사적으로.

'여기서 있었던 일의 뒷정리는 저놈에게 다 맡기는 거지.'

그렇다고 영원히 그 사실을 숨길 수는 없을 것이다.

그때가 되면 저 녀석은 가문에서 최후를 맞이하게 되리라.

감히 카딘의 후손에게 손댄 녀석의 최후로는 아주 적합했다.

"······."

데이먼도 그런 자신의 미래를 알고 있었던 것일까.

그는 절망에 빠진 채로 고개를 떨구었다.

'그럼 여기는 용건 끝났고.'

루크는 데이먼에게서 고개를 돌려 일리아스를 보았다.

비로소 자신의 아들이 남긴 일기장을 확인할 차례였다.

'어떻게 된 거지?'

일리아스는 두 눈을 찡그렸다.

그러자 타오르는 불꽃 뒤쪽의 상황이 조금씩 눈에 들어왔다.

그곳에 서 있는 것은 한 명이었다.

루크와 데이먼.

결국 둘 중 하나가 쓰러졌다는 의미일 터.

과연 살아남은 이는 누구일까.

'제발 루크 공자여야 할 텐데.'

홀로 서 있던 그가 이쪽으로 고개를 돌렸다.

꼭 자신이 있는 곳을 쳐다보고 있는 것 같았다.

화르륵!

쿠구구구.

불꽃에 타들어 가던 나무가 쓰러지며 일리아스의 시야를 막았다.

그리고 그 순간.

슈욱!

한 사람의 형상이 일리아스의 눈앞에 불쑥 나타났다.

"허, 허억!"

일리아스가 깜짝 놀라며 뒷걸음질 치려고 했다.

그러나 몸이 굳어 버린 것인지 좀처럼 다리가 움직여지지 않았다.

스릉.

루크가 일리아스의 목에 검을 들이댔다.

"그럼 이제 자칭 후계자와 다시 대화를 나눠 보실까?"

"사, 살려 주시오."

"살고 싶으면 지금 당장 카딘의 일기장을 넘겨."

그 말에 일리아스의 얼굴이 새하얘졌다.

"사실은 그 일기장이……."

그가 우물쭈물 말을 꺼내려 할 때였다.

"으아아아압!"

은사자 한 명이 기합을 내지르며 루크의 머리를 향해 검을 내리쳤다.

후웅!

서걱!

루크는 뒤를 보지도 않고 소리가 난 곳을 향해 벨무스를 휘둘렀다.

그러나 마치 보고 휘두르기라도 한 것처럼 정확하게 은사자를 베어 버렸다.

푸화아아악.

그 은사자는 피를 뿜으며 나가떨어졌다.

루크는 아예 그 은사자들 쪽을 보았다.

"저 불꽃 안에 너희 장로가 쓰러져 있다. 타 죽게 두든가 가서 구하든가 마음대로 해."

분명 지나가듯 한 말이었다.

하지만 마나가 실린 그의 목소리는 모두의 귀에 똑똑히 들렸다.

은사자들의 동공이 일제히 흔들렸다.

설마 데이먼 장로가 슈넬덴의 공자에게 패하다니.

그 말 한마디로 이미 승기는 슈넬덴 쪽으로 기울어 버렸다.

머리를 잃은 몸뚱어리는 결국 쓰러질 수밖에 없었으니까.

"이 정도면 저쪽도 금방 정리되겠지."

루크는 다시 일리아스 쪽을 보았다.

그러고는 미간을 팍 찌푸렸다.

"아직도 일기장 안 꺼내고 뭐 했어? 만약 카딘의 이름으로 구라라도 친 거면 넌 편히 못 뒈질 거야."

부르르.

루크의 분노가 일리아스를 덮치자, 그의 몸이 사시나무처럼 떨렸다.

저자의 말은 100% 진심처럼 들렸다.

"그, 그것이 일기장을 지금 바로 줄 수가 없⋯⋯."

챙.

주륵.

일리아스는 목덜미에 서늘한 감각을 느꼈다.

그리고 이내 그 감각은 화끈거리는 고통으로 바뀌었다.

루크의 검이 그의 목에 닿은 것이다.

"이, 일기장은 도리안가 내 방에 있소. 데이먼에게 갑자기 잡혀 오느라 미처 일기장을 챙길 수가 없었소. 정말이오."

"그래, 그 말은 믿어 주지."

일리아스는 안도의 한숨을 내쉬었다.

그러나 그 순간.

후웅.

벨무스가 그의 목을 향해 날아왔다.

"넌 약속을 못 지켰으니까 여기서 죽는 거다, 네 방은 내가 직접 뒤져 볼게."

"으아아아악!"

일리아스가 눈을 꽉 감으며 비명을 질렀다.

"……."

그러나 그의 의식은 끊기지 않았다.

그가 감았던 눈을 슬쩍 떴다.

벨무스가 그의 목 바로 앞에 멈춰 있었다.

여기서 조금이라도 움직인다면 목이 달아나고 마리라.

"만약 네가 말한 곳으로 가서도 일기장이 없다면, 그땐 정말로 네 모가지가 날아가는 거야."

"무, 물론이오."

일리아스가 미친 듯이 고개를 끄덕였다.

"후우―!"

루크도 화를 진정시키려는 듯 숨을 깊게 내쉬었다.

그리고 뒤쪽을 보았다.

은사자들도 어느 정도 정리가 된 것 같았다.

멀쩡히 서 있는 이들보다 부상을 당하고 쓰러진 이가 더 많은 상황.

저들도 부상자를 챙기려면 더 이상 싸울 수는 없었던 것이다.

"용케 죽이지 않았구나."

율리안이 루크를 보며 말했다.

"진짜 죽일 생각은 없었어요."

"그런 것치고는 일리아스 공을 향해 꽤 살벌하게 검을 휘두르던데?"

은사자들과 싸우는 중에도 계속 이쪽을 보고 있었던 모양이다.

"확인하고 싶은 게 있었을 뿐입니다."

"그렇다면 다행이다."

"물론 거기 가서도 일기장이 없으면 그때는……."

"안다."

율리안이 먼저 고개를 끄덕였다.

"그땐 내 이름을 걸고 저자를 응징하는 걸 허락하마."

그건 루크가 일리아스를 죽이는 걸 허락한다는 의미임과 동시에 그 모든 책임을 율리안이 지어 주겠다는 의미였다.

"고맙습니다."

루크가 고개를 돌렸다.

율리안은 자신의 귀를 의심했다.

루크가 저렇게 진심이 가득 담긴 인사를 한 적이 있었던가.

'그 일기장이 네게 있어 매우 중요한 것인 모양이구나.'

율리안은 가만히 고개를 끄덕이며 루크의 뒤를 따라갔다.

도리안가로 향하는 길.

"그러니까 코넬리오가 공에게 암시라는 정신 계열 마법을 걸었단 말인가?"

"그렇습니다."

율리안의 말에 일리아스가 고개를 끄덕였다.

"정확히는 그들과 함께 다니는 검은 후드를 뒤집어쓴 놈들이 건 겁니다."

그 검은 후드의 정체는 분명 흑성교이리라.

"그 암시에 걸리면 점차 이성을 잃어 가고 머릿속의 목소리가 시키는 대로 움직이게 되지요."

"그 암시라는 걸로 공을 조종하여 슈넬덴의 후계 자리를 빼앗으려 한 것이군."

그때 가만히 이야기를 듣고 있던 루크가 끼어들었다.

"근데 넌 그 암시를 어떻게 푼 거지?"

루크는 일리아스에 대한 의심을 완전히 지우지 않았다.

설령 그가 슈넬덴의 핏줄이라고 해도, 이미 암시라는 것에 걸려있다면 이것마저도 연기일 수 있었으니까.

"그것은 현조부 덕분이오."

"카딘 슈넬덴 덕분이라고?"

"그렇소. 현조부께서도 그들의 암시에 당하였소. 이후 그분은 암시를 풀기 위해 남은 평생을 다 연구에만 매진하였소. 그 덕분에 암시를 약화시킬 방법은 찾았지만, 그땐 이미 현조부의 정신은 암시에 거의 잠식당한 후인 탓에……."

뿌드득.

루크의 이빨이 부서질 듯 갈렸다.

감히 카딘에게 그딴 짓을 했다니.

멀빈, 그 찢어 죽일 놈에게 갚아 줘야 할 몫이 더 늘었다.

"우리는 그 이후로 다시는 코넬리오의 암시에 놀아나지 않기 위해 그 방법을 익혀 두고 있었소."

"그러던 중에 코넬리오에서 너를 찾아왔던 거군."

"그들은 내게 슈넬덴을 주겠다며 제안하면서 동시에 암시를 걸었다오. 만약 내가 대응법을 몰랐다면, 그대로 그들의 꼭두각시가 되었겠지."

다시 생각하기만 해도 소름이 끼쳤는지, 일리아스는 고개를 절레절레 저었다.

"그럼에도 내가 암시에 걸리지 않는다는 게 발각되는 건 결국 시간문제였소. 그래서 차라리 본가의 사람들에게 도움을 요청하기로 한 것이오."

그제야 왜 그가 슈넬덴의 후계자인 척 떠들고 다녔는지 알게 되었다.

본가의 혈족을 가장 빠르게 부르는 방법은 후계자라는 이름을 꺼내는 것일 테지.

"중간에 일이 좀 있긴 했지만, 그래도 그대들 덕분에 코넬리오의 손에서 벗어날 수 있었소. 이 점은 정말 고맙소."

일리아스가 고개를 푹 숙였다.

율리안과 테오 사단은 그의 인사를 받아 주었다.

하지만 루크는 여전히 퉁명스러운 목소리로 말했다.

"어쨌거나 일기장이 없으면 넌 뒈지는 거야."

"쿨럭! 고, 곧 도착이오."

"이겁니다."

일리아스가 낡은 책자를 하나 꺼냈다.

200년이라는 세월 동안 제대로 관리가 되지 않은 탓인지, 책의 상태는 엉망이었다.

책이 아니라 종이 뭉치에 가까워 보이는 오래된 책자.

그러나 표지 한 귀퉁이에 휘갈겨진 '카딘 슈넬덴'이라는 이름만으로 그 책이 가지는 가치는 모두 설명되었다.

그것은 카딘 슈넬덴이 쓴 일기가 맞았다.

"네가 먼저 보겠느냐?"

율리안은 일기를 루크에게 넘겼다.

그가 유독 카딘 슈넬덴이라는 선조에게 집착하고 있다는 것은 진즉에 알고 있었다.

어떤 이유인지는 모르겠지만, 루크가 저토록 관심을 보인다면 그 일기장도 직접 보여 주는 것이 맞으리라.

"괜찮을까요?"

"애당초 이 일기는 너와 일리아스 공 사이의 합의였으니, 이게 맞는 것이니라."

"감사합니다."

루크는 아기를 다루듯 조심스럽게 일기장을 받아 들었다.

첫 페이지를 펼치자 아주 정갈한 글씨가 드러났다.

루크는 그걸 보자마자 눈물을 쏟을 뻔했다.

그것은 자신이 알던 카딘의 글자였기 때문이다.

아버지께서 마룡을 토벌하던 중 전사하셨다고 한다. 도저히 믿고 싶지 않는 소식이었다. 게다가 아버지와 마지막까지 함께 있었던 코넬리오의 가주는 아버지에 대한 질문에 계속 얼버무리고만 있다. 뭔가 수상하다. 아무래도 내가 마룡의 계곡으로 직접 가 봐야 할 것 같다.

이 일기가 처음 시작된 것은 아마 루크의 죽음 직후였던 것 같았다.
그리고 카딘은 그 직후 직접 마룡의 계곡을 방문한 모양이었다.
하지만 루크의 흔적은 찾을 수 없었을 것이다.
그 전에 멀빈이 증거를 완전히 지워 버렸을 테니까.
예상대로 그는 당시에 증거를 찾지 못했다.

마룡의 계곡을 들락날락한 지도 꽤 지났다. 아직 거기서 단서가 될 만한 건 찾지 못했다. 그보다 걱정되는 것이 있다. 형제들 사이에 다툼이 잦아지고 있다. 아마 아버지의 죽음 때문에 모두들 예민해진 탓이겠지.

루크는 확신했다.
암시가 시작된 것이 아마 저때일 거라고.
루크의 눈에 핏발이 붉어졌다.

결국 형제들이 자신의 세력을 만들어 내전을 일으켰다. 녀석들은 집안의 물건을 팔아 가면서까지 군비를 확충했다. 내가 나서서 말리려고 해 봤지만, 오히려 내가 합세함으로써 내전의 규모만 더욱 커졌다.

"……."

사라라락.

정적 속에서 일기장의 종이가 넘어갔다.

그러나 종이를 넘기는 루크의 손은 분노로 부들부들 떨리고 있었다.

　　나도 오늘 이성을 잃고 가신 기사 몇을 죽였다. 뭔가 이상하다. 머릿속에서 누군가 계속 내게 죽이라고 말하는 것 같다. 여기서 나까지 이성을 잃는다면 슈넬덴은 완전히 멸망하고 말 것이다. 어떻게든 방법을 찾아야 한다.

그때부터는 일기장의 글씨가 점점 삐뚤삐뚤해지기 시작했다.

그건 루크가 아는 카딘의 글씨체가 아니었다.

　　결국 나는 모든 형제들을 제압하고 이상 증세를 보이지 않는 막내에게 후계 자리와 슈넬덴가를 맡겼다. 나 역시 그런 괴물

이 될까 두려워 가족들을 데리고 가문을 떠나려고 한다. 아무
래도 마땅한 주도 세력이 없는 서부 쪽이 좋으리라. 그곳에서
이 정신을 치료할 방법부터 찾아야겠다.

이렇게 카딘이 본가를 떠나 이곳 호카까지 오게 된 것이다.
그러나 그 뒤부터는 일기장의 글씨를 더욱 알아볼 수가 없
었다. 다행히 그 옆에 일리아스가 해석해 둔 글자가 있었기
에 내용을 읽을 수 있었다.
그리고 그 내용들은 대부분 가문을 지키지 못한 것에 대한
죄책감과 머릿속의 목소리에 휘둘리지 않는 법을 연구가 전
부였다.

날이 갈수록 이성을 유지하기가 어렵다. 이젠 하루 중 제정
신인 경우가 절반도 되지 않는다. 이대로라면 나도 형제들과
똑같이 될 것 같다. 그럴 바엔 차라리 혼자서 최후를 맞이하리
라. 그곳에 슈넬덴이 잃어선 안 될 것을 남겨야겠다. 그것이 내
가 할 수 있는 최소한의 사죄일 테니까.

턴.
그 내용을 끝으로 루크는 일기장을 덮었다.
그리고 그 일기장을 상자에 넣었다.
황탑주가 직접 보존 마법을 걸어 둔 상자였기에 더 이상

일기장이 상하지는 않으리라.

"……."

일기를 덮었으나 방 안에는 숨 막히는 적막만이 감돌았다.

이제야 슈넬덴이 몰락의 길을 걷게 된 200년 전의 내전이 어떻게 시작되었는지 알게 되었다.

또 어떻게 끝이 나고 현재 후계 구도가 어떻게 이어졌는지도 알게 되었다.

그 사실에 루크뿐만 아니라 율리안과 테오 사단 모두 충격을 받았다.

설마 내전이 코넬리오의 수작에 의한 것이라니.

"나는 그것도 모른 채 코넬리오에게 굽실거리며 그들이 주는 돈을 받아먹고 살고 있었구나."

율리안의 손이 부들부들 떨리고 있었다.

아무리 내전의 원인을 몰랐어도.

아무리 가문의 사정이 급했어도.

가문을 이렇게 만든 이들이 주는 돈으로 가문을 운영했다는 죄는 씻기지 않았다.

"그리고 이번에도 비슷한 방법으로 우리 가문을 집어삼키려 했고요."

테오에게서도 깊은 분노가 느껴졌다.

"어떻게 이럴 수가 있죠? 그래도 명색이 대륙 최고의 명문이라는 놈들이."

"원래 코넬리오가 그래."

여태 입을 꾹 닫고 있던 루크가 입을 열었다.

다른 이들과는 다르게 그 목소리에는 덤덤했다.

그러나 모두들 알고 있었다.

그 덤덤함은 분노가 극에 달한 끝에 승화되어 버린 목소리라는 걸.

"무슨 수를 써서라도 제일의 자리를 지키는 것. 그게 코넬리오가 지금껏 대륙제일가의 자리를 한 번도 내주지 않은 이유지."

루크는 곧장 일리아스를 향해 고개를 돌렸다.

"어딘지 알아?"

"예?"

"저 일기장에서 말한 최후의 장소."

"물론 알고 있습니다."

일리아스가 고개를 끄덕였다.

루크는 북받쳐 오르는 감정을 지그시 내리눌렀다.

그리고 딱 한마디만 내뱉었다.

"거기까지 안내해 줘."

후웅, 후우웅.

밝은 달빛 아래에서 새하얀 검이 유려하게 움직였다.

춤을 추듯 부드럽게 움직이다가도, 때로는 보는 것만으로도 예기가 느껴질 정도로 날카로웠다.

그 검로를 따라서 하늘에 눈송이가 하나씩 피어났다.

흔히 슈넬덴의 눈송이라면 시야를 가득 채울 만큼 휘몰아치는 눈보라를 떠올리기 마련이지만, 그 눈송이는 어딘가 달랐다.

눈송이 하나하나에 생동감이 넘쳤다.

눈송이가 아니라 살아 있는 꽃에 가까운 모습.

그렇게 만개한 눈송이가 흩날렸다.

감탄을 자아내는 광경이었다.

"와……."

카딘 슈넬덴은 넋을 잃고 그 모습을 바라보았다.

우뚝.

그 소리에 만개했던 눈송이가 거짓말처럼 사라졌다.

카딘은 그것마저도 놀라웠다.

그만큼이나 검기를 완벽하게 통제하고 있단 의미였으니까.

"후우."

눈송이를 피워 냈던 검수가 숨을 몰아쉬더니 카딘 쪽으로 고개를 돌렸다.

"뭘 그렇게 멍청하게 보고 있어?"

"아버지의 검술만큼은 정말 아름답다니까요."

"검술만큼은? 아비에게 못 하는 말이 없네."

"제가 틀린 말이라도 했습니까? 솔직히 아버지 성격이 검술의 반만큼이라도 아름다웠으면 천하통일을 이뤘을 겁니다."

"아들아, 요즘 특별 수련이 많이 부족했지?"

루크가 인자한 미소를 지으며 말했다.

"그리고 그런 아름다운 성격 없이도 천하통일을 이룰 수 있어. 어차피 인간이라는 건 두들겨 맞다 보면 알아서 고개를 숙이는 법이니까."

"후우, 이런 분이 어째서 대협 설풍검제라고 불리시는 건지……."

그러나 그가 한 말이 사실이기도 했다.

설풍검제 루크 슈넬덴.

자신의 아버지는 슈넬덴의 최전성기를 이끌고 있는 인물이자, 조만간 설풍검의 열두 번째 눈송이를 보게 될 기사라 불리는 자였으니까.

'아버지께서 다스리는 테론 대륙이라…….'

문득 그 모습을 떠올린 카딘은 몸이 부르르 떨렸다.

적어도 자신은 그런 세상에서 살고 싶지 않았다.

"그건 그렇고, 이렇게 야심한 밤에 백은관은 무슨 일이냐?"

"아, 방금 소식을 듣고 오는 길입니다. 아버지께서 마롱의 계곡으로 가신다고요."

"내가 분명 말하지 말라고 했는데, 누가 말했어? 또 오르겐 씨지?"

"지금 그게 중요합니까? 칼린이나 슈비처, 보어스까지 다 데리고 간다면서요?"

"오르겐 씨가 그것까지 말해? 이 사람 진짜 안 되겠네."

"아버지, 슈넬덴은 그동안 너무 많은 피를 흘렸어요. 마롱의 권속들도 사실 우리가 다 처치한 거잖아요."

카딘이 답답했던지 가슴을 쿵쿵 두드렸다.

누가 가문의 살림살이를 책임지는 녀석이 아니랄까 봐.

걱정이 아주 깊어 보였다.

"그래도 덴 호그, 그 새끼 숨통은 끊어야 할 거 아니야. 그놈 다시 살아나면 그땐 인간들은 끝이야."

"저도 압니다. 근데 그걸 왜 우리가 해야 하냐는 거죠."

"그야 우리가 가장 강하니까. 솔직히 코넬리오보다도 우리가 세지."

"……."

카딘은 할 말을 잃은 채로 루크를 보았다.

그러자 루크도 머쓱해졌는지 헛기침을 했다.

"덴 호그는 지금 최후의 항전을 준비하고 있어. 웬만한 병력으로는 뚫어 낼 수 없을 거야. 적어도 내가 멀빈이랑 마롱을 상대하는 동안이라도 권속들을 막아 주려면 그 정도는 데려가야 해."

"그러다 만약 아버지께서 무슨 일이라도 당하시면요?"

"음?"

"슈넬덴은 마룡과의 전쟁으로 많은 피해를 입었어요. 여기서 아버지마저 화를 당하면 더 이상 지금의 명성을 유지할 수 없을지도 모릅니다."

"여기서 우리가 힘을 뺀다면 과연 토벌대가 구성되기는 할까?"

"그건······."

"그러니까 슈넬덴은 네게 부탁하고 있으마."

"후, 알겠습니다."

결국 카딘이 물러섰다.

그도 알고 있었다.

인간이 대규모로 움직이기 위해선 반드시 그 앞에 구심점이 되는 이가 있어야 한다는 것을.

'이럴 때 보면 정말로 가주 같으시다니까.'

한 번씩 보여 주는 저 날카로운 통찰은 자신이 아버지의 검술 다음으로 배우고 싶어 하는 자질이었다.

"슈넬덴가는 제가 잘 지키고 있을 테니까 무사히만 다녀오세요."

"그래, 그동안 가주 노릇 좀 하고 있어라."

"지금도 이미 많이 하고 있습니다만?"

"하하하, 그것도 맞긴 하지."

루크는 카딘의 머리를 헝클어뜨렸다.

"이거 왜 이러십니까? 저도 나름 애까지 있는 성인이라고요."

"그래 봐야 내 눈엔 아직 애다. 네가 날 한 대 쳐야 성인으로 인정해 준다니까."

카딘이 이를 박박 갈았다.

루크는 그런 카딘을 보며 흐뭇하게 웃었다.

"그럼 다녀오마. 돌아오고 나면 네게 재밌는 걸 가르쳐 주마."

"재밌는 게 뭡니까?"

카딘은 여전히 의심스러운 눈빛으로 물었다.

"아직은 그냥 구상 단계이긴 한데, 아마 돌아올 때쯤이면 틀은 잡힐 것 같아. 이것만 익히면……."

"배우면요?"

"슈넬덴이 코넬리오를 넘고 천하통일을 할 수 있을 거야."

"그, 그런 게 있다고요?"

"그래. 그러니까 이 아비만 믿고 있어라."

루크는 카딘을 지나쳐 가다 말고 다시 고개를 돌렸다.

"그리고 하나만 더 약속하자."

"뭡니까?"

"돌아오면 같이 술이나 한잔하자꾸나."

"술 마시면 그만큼 운동해야 하잖아요."

"그럼 운동도 같이하면 되지."

"……."

카딘은 질린 눈으로 아버지를 보았다.

그러면서도 그의 입가엔 미소가 걸렸다.

"술상 차려 놓고 있겠습니다. 운동 기구도요."

"그래."

그러나 그날 이후.

그들이 같은 술상에 앉을 일은 없었다.

"……크."

"……."

"루크!"

"……."

"야!"

화악!

루크가 넋이 나간 채로 나무에 부딪힐 뻔하자 테오가 목덜미를 확 낚아채려 했다.

하지만 그에 앞서 루크가 먼저 그 나무를 피했다.

"응? 형은 지금 뭐 하고 있는 거야?"

"네가 넋을 놓고 걷길래."

"아, 내가 그랬나?"

루크가 고개를 갸웃하고는 주위를 둘러보았다.

테오뿐만 아니라 다른 이들도 걱정스러운 시선으로 루크를 보고 있었다.

"괜찮느냐? 힘들면 조금 쉬었다 가겠느냐?"

"아니요. 그냥 잠깐 딴생각 좀 했던 거예요."

루크는 그렇게 말하며 앞으로 걸어 나갔다.

지금은 쉬엄쉬엄 갈 때가 아니었다.

1분이라도 빨리 카딘이 최후의 순간을 맞이한 곳을 찾으러 가고 싶었으니까.

루크가 앞서나가자 다른 이들도 하는 수없이 그를 따라갔다.

"후우우우-!"

루크는 속 깊은 곳에서부터 숨을 내뱉었다.

그의 눈은 또다시 현실이 아닌 과거로 향하고 있었다.

─슈넬덴은 마룡과의 전쟁으로 많은 피해를 입었어요. 여기서 아버지마저 화를 당하면 더 이상 지금의 명성을 유지할 수 없을지도 모릅니다.

'카딘, 결국 네 말이 하나도 틀리지 않았구나.'

그때 카딘의 말을 듣지 않았던 게 후회되었다.

하지만 그건 어쩔 수 없었다는 핑곗거리라도 있었다.

그때 결국 그 정도 인원이 나서지 않았더라면, 마룡의 토벌은 실패하고 말았을 테니까.

그것보다 더 후회스럽고 한이 되는 것은 따로 있었다.

'결국 돌아와서 너와 술잔을 기울이자는 약속을 지키지 못한 게 가장 한이 되는구나.'

그렇기에 루크는 앞으로 나아갔다.

"루크, 같이 가!"

"길도 모르잖느냐?"

다른 이들이 그의 뒤를 쫓으려 하면 루크는 더욱 앞서 나갔다.

마치 누군가에게 자신의 앞모습을 보여 주기라도 싫어하는 것처럼.

그리고 율리안은 루크를 쫓다 말고 어디선가 내린 이슬을 맞았다.

"……."

스륵.

그제야 율리안은 팔을 들어 다른 이들을 제지했다.

"아버지?"

"어찌 그러십니까?"

"지금은 쫓지 말자꾸나."

"네? 저렇게 넋 나간 채로 걷다가 절벽 아래로 떨어지면 어떡하려고요."

"나도 걱정이 되긴 한다."

율리안은 루크를 슬쩍 보았다.

"하나 지금은 절벽에서 떨어지는 것보다 자신의 얼굴을 보이는 게 더욱 고통스러울 게다."

율리안은 그렇게 말없이 루크의 뒤를 쫓았다.

'무슨 사연이 있는지는 모르겠지만, 언젠가는 말해다오.'

내심 그렇게 기도하면서.

"여기입니다."

일리아스가 걸음을 멈추고 말했다.

겉보기에는 특별할 게 없어 보이는 숲속이었다.

그 한가운데는 일리아스가 파헤쳐 둔 구덩이가 보였을 뿐, 달리 눈에 띄는 점은 없었다.

덜덜덜.

그러나 루크는 그곳을 보고 두 손을 떨었다.

그저 평범해 보이는 숲속 같아 보이지만, 루크의 눈에는 확실하게 보였다.

이곳이 슈넬덴 산의 어느 능선과 비슷해 보이는 것을.

그곳은 자신이 카딘에게 직접 검술을 가르치던 곳이었다.

'마지막까지도 슈넬덴에서 수련하던 때를 떠올리고 있었 구나, 아들아.'

루크는 조심스러운 발걸음으로 구덩이를 향해 다가갔다.

다른 이들도 그 뒤를 따라 구덩이를 보았다.

거기엔 커다란 석문이 있었다.

그걸 본 율리안과 테오도 눈을 동그랗게 떴다.

"아버지, 이거⋯⋯?"

"그래, 그런 것 같구나."

그들의 말을 들은 일리아스가 화색이 돌았다.

"이게 뭔지 아시는 겁니까? 여기까지 찾긴 찾았는데, 저 석 문이 도무지 열리지 않아서 안으로 들어갈 수가 없었습니다."

"그랬을 것이네. 이건⋯⋯."

율리안의 대답보다 먼저 루크가 몸으로 보여 주었다.

스윽.

루크는 자신의 손을 베었다.

그리고 흐르는 피를 석문에 가져다 댔다.

일리아스는 그 모습을 멍하니 쳐다봤다.

끼리리리릭.

석문에서 커다란 소리가 나기 시작했다.

"이, 이건?"

"슈넬덴의 가주들만이 알고 있는 비전 서고 출입문과 유사한 장치이네. 슈넬덴의 피가 있어야만 열 수 있지."

"그랬군요. 현조부께서도 자신의 무덤에 다른 이들이 발을 들이는 게 싫으셨나 봅니다."

쿠구구구구.

석문이 점차 움직이기 시작했다.

모두들 숨소리조차 내지 않는 채로 안쪽을 들여다봤다.

석문 뒤쪽으로는 좁은 통로가 이어졌다.

루크는 뭔가에 홀린 듯이 통로 안으로 들어갔다.

"루, 루크!"

"우리도 따라가자꾸나."

율리안 일행도 루크를 따라 들어갔다.

"아……."

통로 안으로 들어가자마자 그들은 숙연해졌다.

통로 안에는 수많은 검 자국이 있었다.

누구와 싸운 흔적이 아니었다.

이 흔적은 한 사람이 낸 것이었다.

이성을 잃고 날뛰는 광인처럼 일정한 규칙 따위는 보이지도 않는 검로.

아마 이 안에 남아 있던 사람이 새긴 자국일 테지.

그리고 그가 이곳에 이런 자국이 생긴 이유는 바로 저 석문 때문이었을 것이다.

슈넬덴의 피가 있어야만 열 수 있는 석문.

그러나 그 안쪽에는 그 피를 인식시킬 장치가 보이지 않았다.

안에서 열리지 않으니 할 수 있는 거라고는 이렇게 검을 휘두르는 것밖에 없었으리라.

카딘은 이곳에 들어올 때부터 스스로가 이성을 잃을 것을 알고서 다시는 나가지 않겠다는 다짐을 한 것이다.

"문이 닫히지 않도록 해 두거라. 혼백이라도 밖으로 나갈 수 있도록."

"네."

경건한 마음으로 문을 고정시켜 둔 그들은 다시 안쪽으로 걸어 들어갔다.

그 안에서 루크의 모습을 보였다.

두 무릎을 꿇은 채로 고개를 숙이고 있는 루크가.

그리고 루크의 앞에는 한 사람의 백골이 있었다.

저게 누구의 백골인지는 굳이 물을 필요도 없었다.

가문을 위해 스스로 이곳에 자신을 가둬 버린 소가주, 카딘 슈넬덴일 테지.

"……."

루크는 그의 앞에서 아무 말도 하지 않고 있었다.

테오는 그런 루크의 표정을 슬며시 살폈다.

언뜻 보기엔 그저 자신을 희생한 선조에 대해 경건한 예를 보이는 것처럼 보였다.

하지만 율리안만큼은 그런 루크의 눈빛에서 다른 것을 읽었다.

그게 정확히 무엇인지는 알 수 없었다.

확실한 건 그 감정은 그저 가문에 헌신한 선조를 바라보는 것 정도가 아니라는 것이다.

또르르륵.

그리고 그 생각을 증명하기라도 하듯, 루크의 눈에서는 한 줄기 눈물이 흘러내렸다.

그 한 줄기를 시작으로 루크의 눈에서는 눈물이 터져 나오기 시작했다.

'미안하다, 아들아. 이 아비가 못나 너를 이런 곳에 홀로 두었구나. 나를 용서하지 말거라.'

루크는 한동안 하염없이 눈물만 흘려 댔다.

Chepter 4

척.

율리안이 가슴에 손을 올린 채로 예를 취했다.

그러자 테오 일행과 일리아스도 뒤따라 경례를 올렸다.

마치 매년 설풍의 회랑에서 지내는 추모식을 보는 것 같았다.

비록 그 추모식 때에 비해 도구나 절차가 간소했지만, 그 분위기만큼은 추모식보다 더 경건했다.

가문의 안녕을 위해 스스로를 동굴 속에 가둬 버린 선조.

이 차디찬 동굴에서 이성을 잃은 채로 죽어 갔을 그의 헌신을 기렸다.

카딘의 넋을 기리는 묵념을 한 후, 율리안이 천천히 입을 열었다.

"이분의 유해를 수습하거라. 돌아가는 대로 설풍의 회랑으로 모실 준비를 할 것이다."

"예."

테오 사단은 조심스럽게 카딘의 유해를 수습했다.

"······."

루크는 여전히 눈물을 흘리는 채로 말없이 그 모습을 지켜보고 있었다.

그와 함께 귓가에서는 카딘이 하던 말이 떠올랐다.

－전 반드시 설풍의 회랑에 이름을 올릴 겁니다. 그리고 아버지의 옆자리에 당당하게 자리할 거예요.

'많이 늦었지만 너도 결국 설풍의 회랑으로 가게 되었구나. 하지만 네 말대로 내 옆에 자리할 수는 없을 게다.'

자신은 차마 설풍의 회랑에 이름을 올릴 수 없는 죄인이었으니까.

루크가 쓴웃음을 짓고 있을 때였다.

"음?"

카딘의 유해를 다 수습한 테오가 고개를 갸웃했다.

카딘이 있던 자리에 웬 책이 한 권 있었기 때문이다.

표지에는 알아볼 수 없는 글씨가 쓰여 있었다.

"어찌 그러느냐?"

"여기 책이 있습니다."

"책?"

율리안이 그 책을 펼쳐 보았다.

책 안쪽에는 알아볼 수 없는 글씨와 함께 그림이 그려져 있었다.

"이건 마치 주석서 같구나?"

"그러게요. 저 그림도 꼭 초식을 그려 둔 것 같고요."

율리안과 테오가 책을 살펴보며 이야기하자, 다른 이들도 하나씩 그 주변을 모였다.

"어, 어?"

그러던 일리아스가 깜짝 놀라졌다.

"어, 어찌 그러는가? 여기 쓰여 있는 글자를 알아볼 수 있는 겐가?"

"그것이……."

일리아스는 본인도 믿기지 않았는지, 책 표지를 다시 한번 살폈다.

그러나 몇 번을 다시 봐도 마찬가지였다.

"설풍검 주석……이라는데요?"

"이게 설풍검의 주석이라고?"

"저는 현조부께서 이성을 잃었을 때 쓴 글자를 해독할 줄 압니다. 덕분에 이곳을 찾을 수도 있었던 거고요."

율리안은 카딘의 일기장 후반부에 쓰여 있던 괴기한 글자를 떠올렸다.

그러고 보니 이 책에 쓰인 글자와 비슷한 것 같기도 했다.

"이 글이 설풍검 주석이라는 건가?"

"예, 정확히는 설풍검 12식 주석이라고요."

"설풍검의 주석서가 어째서 여기에 있단 말인가?"

율리안이 깜짝 놀라며 물었다.

그 질문에 대한 대답은 루크가 대신해 주었다.

"유언을 지킨 거예요."

"유언?"

"카딘 슈넬덴이 일기장 마지막에 남겼던 유언요."

"유언이라면…… 아아, 그것이었구나."

루크의 말을 듣자마자 그들의 머릿속에 한 가지 생각이 떠올랐다.

슈넬덴이 잃어선 안 될 것은 남겨야겠다. 그것이 내가 할 수 있는 최소한의 사죄일 테니까.

카딘이 일기장에 마지막으로 남긴 유언.

그것이 바로 이 주석서였던 것이다.

"이성을 잃고 이곳에 갇힌 상황에서도 언젠가 슈넬덴에게 전할 비전을 남기고 계셨던 것이구나."

그들은 감히 그 정신력을 가늠할 수조차 없었다.

카딘이 보여준 헌신에 모두가 넋을 놓은 상황 속에서 루크는 벽면을 둘러보기 시작했다.

"뭘 하는 게냐?"

"뭘 좀 찾고 있어요."

"무엇을 찾는데 벽면을 그리도 샅샅이 살피는 것이냐?"

"저게 12식이라는 말은 이미 이곳에 1식부터 11식까지 써 두었다는 거잖아요. 그것도 분명 이곳에 있을 테니 찾아야죠."

"그도 그렇구나! 그럼 우리도 함께 찾아보자꾸나."

율리안과 테오 사단도 서둘러 주변을 수색하기 시작했다.

그러나 그들이 한참 동안 공동 안을 훑었음에도, 다른 주석서를 찾을 수는 없었다.

루크는 턱에 손을 올린 채로 생각에 잠겼다.

'카딘, 넌 분명 혹시나 이곳을 슈넬덴이 아닌 다른 자가 들어오게 될까 봐 걱정되어 주석서를 숨겨 둔 것이겠지?'

그토록 꼼꼼한 카딘이었으니, 분명 그렇게 했을 것이다.

'그럼 그 숨겨 둔 곳을 여는 열쇠를 남겨 두었을 터.'

그러던 루크의 눈이 무엇인가를 보고 반짝였다.

'그러고 보니 이 검로들은……!'

루크는 공동에 남아 있는 검로를 보았다.

언뜻 보면 이성을 잃은 채 마구잡이로 검을 휘둘러 생긴 흔적 같았다.

하지만 그 검로들 중에서 유독 선명한 것들이 보였다.

물론 일반적인 사람들은 그걸 구분할 수 없을 테지만, 루크의 눈에는 그 차이가 확연히 들어왔다.

그 순간 루크의 머릿속에 한 가지 생각이 스쳐 지나갔다.

'설마?'

루크는 뒤로 몇 발짝 물러나 공동 전체를 눈에 담았다.

그의 눈은 난잡하게 새겨진 검로들 사이에서도 선명한 검로를 구별해 냈다.

워낙 오랜 세월이 지난 탓에 완벽히 구분하는 것은 어려웠지만, 그럼에도 그게 무엇인지 알아보기에는 충분했다.

"하……."

루크의 눈에서는 눈물이 흘렀다.

그러면서 동시에 입가에는 미소가 어렸다.

이건 루크가 어린 자식들을 수련시키기 위해 내 주던 간단한 퀴즈였으니까.

'너는 이성을 잃어 가는 순간에도 그때를 떠올린 것이냐?'

스릉.

루크가 검을 뽑았다.

그리고 율리안과 테오 사단을 향해 말했다.

"잠깐 비켜 주세요."

"무엇을 하려고 그러는 게냐?"

"다른 설풍검 주석서가 있는 공간을 열려고요."

"다른 공간이라니?"

"보면 아실 겁니다."

루크는 곧장 검을 휘둘렀다.

카각!

벨무스는 벽면에 새겨진 검로 위로 한 치의 오차도 없이 똑같은 검 자국을 남겼다.

루크의 갑작스러운 행동에 모두들 한 발 뒤로 물러났다.

루크의 검이 더욱 넓은 범위로 움직였다.

카각, 카가각.

그때마다 벽면에 새겨진 검로 위로 똑같은 자국이 생겨났다.

그 모습을 가만히 지켜보던 테오 사단은 눈을 동그랗게 떴다.

"저건 설풍검의 초식이잖아?"

"맞습니다. 1식의 초식인데, 그걸 왜 여기서 하고 계신 걸까요?"

"이미 새겨진 검로 위에 덧칠을 하는 것 같아요."

카각!

그러는 사이 루크의 검이 마침내 마지막 검자국을 새겼다.

끼리리릭.

그러자 어디선가 기관이 작동하는 것 같은 소리가 들려오더니, 매끈하던 벽면에 틈이 생기기 시작했다.

그 안에는 이곳보다 조금 더 작은 석실이 있었다.

"아마 저기에 다른 비전들이 있을 거예요."

루크 일행은 침을 한 번 꿀꺽 삼키고는 그곳으로 들어갔다.

그리고 그곳에 들어가자마자 탄성이 터져 나왔다.

"아아……!"

루크의 말이 맞았다.

그곳에는 여러 권의 서책이 있었다.

족히 스무 권은 넘어 보이는 서책들이 말이다.

율리안은 얼른 일리아스를 보았다.

"일리아스 공! 저 책들의 글자도 읽을 수 있는가?"

"저도 모든 글자를 다 알아보는 건 아니지만 일단 읽어 보겠습니다. 빙륜검 주석, 단천검 주석, 설풍검 주석……."

일리아스가 글자를 읽어 나갈 때마다 율리안의 입이 점점 벌어졌다.

그 하나하나가 지금껏 슈넬덴이 잃어버렸던 비전들이었으니까.

"으어어어어!"

율리안의 환호성이 들려왔다.

그 뒤로 테오 사단이 두 손을 번쩍 들어 올리는 것도 보였다.

200년 전 잃어버렸던 슈넬덴의 비전을 되찾았으니, 저런 반응이 나오는 것도 당연하리라.

저리도 기뻐하는 후손들을 보며, 루크는 입술을 질끈 깨물었다.

'너는 나와 달리 슈넬덴의 모든 것을 남겨 두었구나.'

자신의 잘못된 선택으로 인해 모든 것을 잃은 슈넬덴.

그러나 자신의 아들은 이 차디찬 곳에서 홀로 외로이 죽어 가는 중에도, 슈넬덴이 잃어버린 모든 것을 지켜 냈다.

'네게 정말 고맙구나.'

루크는 카딘을 향해 고개를 숙였다.

잠깐 묵념을 한 루크가 다시 고개를 들었을 때, 그의 눈에서는 결연한 의지가 보였다.

'네가 남겨 둔 선물은 내가 빠짐없이 가문에 전하도록 하마.'

그렇지 않아도 슈넬덴에는 다음 비전들이 필요했다.

루크가 어떻게든 다른 방법을 써서 비전을 전달할 생각을 하고 있었는데, 카딘 덕분에 그럴 필요는 없어졌다.

이미 그가 모든 것을 남겨 두었기 때문.

이제 루크가 할 일은 카딘이 남긴 것들을 지금 사람들에게 잘 전달하고 소화까지 하도록 만드는 것이다.

결론을 내린 루크는 곧바로 일리아스에게 다가갔다.

"부탁이 있어."

"부탁이라고 하였소?"

일리아스가 깜짝 놀라며 대답했다.

설마 루크의 입에서 부탁이라는 말이 나올 줄은 몰랐기 때문.

루크가 고개를 끄덕였다.

"부탁이 무엇이오?"

"우리와 함께 슈넬덴으로 돌아가서 이 비전서들을 해석해 줬으면 해."

이 비전서는 카딘이 이성을 잃기 시작했을 때 쓰인 것들이었다.

그리고 그 상태에서 쓰인 글자를 읽을 수 있는 건 일리아스뿐이었고.

물론 저 비전들은 이미 루크가 다 알고 있는 내용이기는 했다.

글자를 알아볼 수 없더라도 알고 있던 내용을 토대로 보면 얼마든지 해석은 할 수 있으리라.

하지만 처음 보는 비전들을 척척 해석해 내는 루크의 모습이 그리 자연스럽지는 않을 것이다.

무엇보다 그는 그동안 다른 해야 할 일들이 많았다.

다 아는 내용을 해석하는 척하느라 비전 연구실에 틀어박혀 있을 시간이 없었다.

그걸 해결해 줄 수 있는 이가 바로 일리아스였다.

그가 비전 연구실로 들어간다면, 루크가 굳이 해석에 시간을 쓰지 않아도 되었으니까.

다만 그보다 앞서 일리아스의 생각이 중요했다.

그는 카딘의 후손이 맞기는 하나, 그의 입장에서는 이미 다른 이가 차지한 슈넬덴에 돌아오는 것이 껄끄러울 수도 있었다.

처음 이곳으로 올 때는 강제로라도 슈넬덴으로 데려갈 생각도 했었지만, 카딘의 후손에게 그러고 싶지는 않았다.

"하하하, 난 또 뭐라고."

일리아스가 커다랗게 웃었다.

"물론이오. 내겐 카딘 슈넬덴의 후손으로서 당연히 그분의 의지를 이을 의무가 있소. 그리고 그분의 의지는 저 비전들이 다시 슈넬덴으로 돌아가길 바라는 것이오."

"알고 있겠지만 슈넬덴에서는 피의 진하기보다 실력이 먼저야. 네가 카딘의 후손이라고 해서 후계자 자리를 보장해 줄 수 없다는 의미야."

"그것도 걱정 마시오. 애당초 나는 현조부께서 후계자 자리를 넘긴 것을 알고 있었소. 정당한 인계 과정을 거친 채로 200년이 흘렀거늘, 이제 와서 후계자 자리를 달라고 생떼를 부릴 수는 없소."

일리아스가 흐뭇하게 웃으며 말했다.

"게다가 지금의 슈넬덴을 만든 것은 그대들과 가주님이잖소? 그걸 빼앗으려 들었다가는 현조부께 천벌을 받을 게요."

"좋아, 그건 슈넬덴답네. 그럼 부탁할게."

"내게 맡겨 주시오. 다만 호카에 있는 내 가옥에 선조들을 모셔 둔 사당이 있소. 그분들도 슈넬덴으로 모시고 싶소."

"그건 당연하지."

그들 역시 카딘의 후예들.

물어볼 것도 없이 당연히 슈넬덴으로 데려와야 할 이들이었다.

그 약속까지 받은 일리아스는 석실에 있던 궤짝 안에 서책을 차곡차곡 쌓았다.

그가 서책을 가득 채운 궤짝을 들어 올리려 할 때였다.

"대단하군."

짝, 짝, 짝, 짝.

뒤쪽에서 누군가의 박수 소리가 들려왔다.

"별수를 다 써도 열리지 않았는데, 이런 방법으로 열어야 하는 건 줄은 몰랐네."

모두의 시선이 그쪽으로 돌아갔다.

통로 쪽에서 검은 후드를 쓴 사내가 걸어 나왔다.

그의 눈은 일리아스가 들고 있던 궤짝을 향했다.

"하긴 그렇게 귀한 비전을 보관한 곳이니까 철저하게 지킬 만도 하지."

"하비처! 그대가 어떻게 여기에?"

그를 가장 먼저 알아본 건 일리아스였다.

"아는 놈이야?"

"데이먼의 부관 같은 자였소."

그러자 하비처가 억울하다는 듯 고개를 저었다.

"데이먼의 부관이라니, 엄연히 말해 나는 파견 근무를 나와 있던 거였다고. 교단에서 특별히 그자를 보좌하라고 해서한 것뿐이지. 보다시피 난 이렇게 자유롭게……."

"닥쳐."

루크가 그의 말을 끊어 먹었다.

"어쨌든 네가 흑성교라는 거잖아."

철컥.

루크가 벨무스를 꺼내 들며 말했다.

자비처는 루크를 진정시키려는 듯 두 손을 들었다.

"초면부터 말을 끊어 먹는 데다가 검까지 들이대다니. 예의가 영 꽝이네. 적어도 몇 마디는 더 나누고 검을 들어도 늦지 않……."

그 순간 루크의 몸이 바닥으로 혹 꺼졌다.

곧이어 한 줄기 빛살이 하비처의 목을 베고 지나갔다.

촤악!

툭.

후드를 뒤집어쓴 그의 머리가 하늘 높이 솟구쳤다.

충격으로 후드가 벗겨지며 그의 놀란 얼굴이 드러났다.

그리고 그 뒤쪽으로 벨무스를 들고 있는 루크가 보였다.

루크는 하비처의 머리를 보며 싸늘한 목소리로 말했다.

"흑성교 새끼면 이곳에서 함부로 떠들지 말라고."

털썩.

목이 떨어진 하비처의 몸이 힘없이 바닥으로 쓰러졌다.

하지만 그 모습이 뭔가 이상했다.

생사람의 목이 날아갔다면 응당 그 단면에서는 피가 뿜어져 나오는 것이 당연할 터.

하지만 그의 목에서는 피 분수는커녕 정체 모를 검은 연기만 흘러나올 뿐이었다.

"저게 대체 뭐지?"

"그러게요."

테오 사단이 불안한 눈빛으로 그곳을 보았다.

율리안도 그 연기의 정체를 알아볼 수 없는 것은 마찬가지였다.

그들의 시선이 자연스럽게 루크에게로 옮겨 갔다.

예상대로 루크는 뭔가를 알아차린 눈치였다.

"환술이야."

루크가 인상을 찌푸리며 말했다.

"환술이라니?"

"방금 내가 벤 놈은 환술로 만들어진 가짜라는 거지."

"그게 환술이었다고? 그러기엔 너무 진짜 같던데?"

테론 대륙에서 환술을 주력으로 삼는 이나 세력은 없다.

어째서일까?

일단 환술에 걸리게 되면, 상대는 자신이 누구와 싸우는지도 모르는 채로, 죽을 때까지 환술 속에서 놀아날 수밖에 없었다.

이것만 보더라도 환술은 충분히 사기적인 기술이었다.

그럼에도 환술이 널리 쓰이지 않는 이유는 간단했다.

마나에 대해서 조금이라도 느낄 수 있는 자는 환술을 알아차릴 수 있기 때문.

마나라는 건 이 세상을 구성하고 있는 본질이었다.

술사가 아무리 그럴듯한 환술을 보여 준다고 하더라도, 마나의 패턴까지도 완벽히 만들어 낼 수는 없다.

그렇기에 마나의 흐름을 조금이라도 배우면, 지금 자신이 보고 있는 것이 환상에 지나지 않다는 걸 금방 깨달을 수 있었다.

그러니 실전에서 환술이 쓰일 일은 거의 없을 수밖에.

하지만 이번에는 전혀 그런 이질감을 느낄 수가 없었다.

심지어 이렇게 가까운 거리에서 대화까지 나눴음에도, 마나의 흐름이 이상하다는 생각조차 들지 않았다.

"아마 결계 때문일 거야."

"환술을 강화하는 결계식 말이야?"

"맞아."

"여기 어디에 그런 결계가 쳐져 있는데?"

"그렇지 않아도 찾는 중이야."

루크는 슬며시 눈을 감은 채로 말했다.

기감을 퍼뜨려 주변을 수색하는 것처럼 보였다.

"이 동굴을 기준으로 일대 전체에 결계가 쳐져 있었네."

보아하니 미리 준비되어 있던 결계 같았다.

다만 자신이 카딘의 무덤을 되찾은 것에 눈이 멀어서 주변에 뭐가 있는지도 눈치채지 못한 것이다.

"그럼 우리가 올 걸 알고서 미리 결계라도 쳐 뒀다는 거야?"

"그런 것 같네. 이 정도 규모의 결계를 치려면 최소 한나절은 걸렸을 테니까."

"어떻게 그럴 수가 있지?"

"이 무덤은 카딘의 일기장에만 나와 있던 장소야. 그리고 그가 쓴 글자를 해석할 수 있어야만 그 지도를 읽을 수 있지."

루크의 말에 모두의 시선이 일리아스에게로 돌아갔다.

그러자 일리아스가 깜짝 놀랐다.

"지, 지금 나를 의심하는 것이오? 슈넬덴의 이름을 걸고 나는 절대 아니오!"

그는 두 손을 휘저으며 극구 부인했다.

그러나 정황상 그가 가장 의심스러울 수밖에 없는 상황.

다행히 루크가 먼저 미묘한 기류를 정리해 주었다.

"알고 있으니까 걱정 마. 네가 첩자였다면 아마 비전을 발견한 순간에 저놈이 튀어나왔을 테니까."

"그거 다행이오. 그렇다면 어찌 나를 지목한 것이오?"

"널 지목한 게 아니라 정확히는 네 머릿속을 가리킨 거지. 네게 암시를 걸었던 그 흑성교의 사제가 네 머릿속의 정보를 봤을 수도 있어."

"아!"

그제야 일리아스가 깨달았다.

자신이 암시에 걸리지 않았다는 걸 들킨 것도 그 사제가 말해 준 거라고 했다.

그렇다면 그 사제는 자신의 머릿속을 이미 들여다봤다는 의미이리라.

"하비처, 저자가 내 머릿속을 들여다보고서 미리 이곳에 덫을 쳐 둔 것 같소."

"하하하!"

그때 하비처의 커다란 웃음소리가 공동 전체를 울렸다.

"정답이야!"

짜가가가각.

목이 잘린 하비처의 시신이 바닥에 스며드는 동시에, 하비처의 또 다른 신형이 솟구쳐 올라왔다.

하비처는 루크 쪽을 보았다.

"결계를 알아차리다니, 겉보기엔 가장 경험이 적어 보이는데 눈치가 빠르군."

"너야말로 꽤 여유롭네. 너희 교단 사도가 우리 손에 어떻게 죽었는지는 알고 있겠지?"

"후훗, 맞아. 나는 3사도님에 비하면 아직 부족하지."

하비처는 여유롭게 고개를 끄덕였다.

"하지만 적어도 이 현화경진 안에서만큼은 너희는 나를 이길 수 없을 거다."

어느새 완전한 형상을 갖춘 하비처는 두 손을 활짝 펼쳤다.

그러고는 일리아스를 가리켰다.

"그런 의미에서 너에게는 아주 고마워. 네 덕에 이 일대에서 현화경진을 펼치고 기다릴 수 있었어."

"네놈!"

"네가 소리를 지른다고 뭘 어쩔 수 있지? 너희는 이곳에서 모두 죽게 될 텐데."

하비처가 키득거리며 웃었다.

그 웃음에는 자신감이 뚝뚝 묻어났다.

"그래, 이곳을 슈넬덴의 가족 공동묘라고 부르면 되겠네. 일단 첫 번째 희생자는……."

그의 눈이 루크를 향했다.

"눈치 빠른 꼬맹이부터."

딱!

그가 손가락을 튀겼다.

쿠구구구.

루크의 뒤쪽 벽에서 거대한 늑대의 아가리가 돋아났다.

콰아아아악!

그 아가리는 강철마저도 찢어발길 것 같은 이빨을 내민 채로 루크를 덮쳤다.

분명 이것은 환술일 것이다.

그리고 환술은 현실에 아무런 영향도 미칠 수 없다.

그것이 환술이 가지는 태생적인 한계.

하지만 어째서인지 저 이빨은 환술의 한계 따위는 무시하고 루크의 몸을 찢어발길 것만 같았다.

루크도 그걸 느낀 것일까.

그 늑대의 아가리를 향해 벨무스를 휘둘렀다.

카가가가가각!

그 불길한 예감은 정확히 들어맞았다.

벨무스가 이빨에 닿자 그것은 현실에 존재하는 것인 양 스파크를 튀겼다.

저건 환술이 현실에 영향을 주고 있다는 의미였다.

그들이 알고 있던 상식과 전혀 들어맞지 않는 상황에 테오 사단의 눈빛이 흔들렸다.

하지만 루크는 전혀 당황하지 않았다.

물론 그도 이런 상황을 예상하지 못했던 것은 사실이었다.

'그래 봐야 이게 환술이라는 것에는 변함이 없어.'

환술이 현실에 영향을 끼치든 말든, 결국 환영이라는 건 그 핵을 가지고 있을 수밖에 없었다.

그리고 그 핵을 부순다면, 그 어떤 환영이라도 무너지고 말리라.

화악!

루크는 검을 밀어 늑대의 아가리를 휘청거리게 만들었다.

파앗!

그리고 그 찰나의 틈에 검을 뻗었다.

정확히 늑대의 목구멍을 향해서.

콱!

화아아악-!

칼날은 정확히 늑대의 목구멍에 박혔다.

그 지점을 중심으로 새하얀 빛줄기가 여러 갈래로 퍼져 나갔다.

그러자 늑대의 환영이 눈 녹듯이 사라졌다.

그 장면을 본 하비처가 깜짝 놀랐다.

'환영을 이루는 뼈대를 직접 부숴 버린 건가?'

핵을 시작으로 뼈대까지 부숴 버렸으니, 환영이 한 방에 사라지는 것도 당연할 터.

'하지만 어떻게?'

현화경진은 환영의 효력을 증폭시켜 마침내 현실의 것으로 만들어 버리는 기적의 환술이었다.

술사인 본인조차도 환영의 핵이나 마나의 흐름을 찾는 게 어려울 정도인데, 그걸 단 몇 초 만에 찾아내서 공략하다니.

우연인가?

그런 생각도 들었지만 그는 이내 고개를 저었다.

조금 전 검에서 뻗어 나갔던 빛줄기는 뼈대의 모양과 정확히 일치했다.

그건 환영의 구조를 정확히 파악하고 있다고밖에 볼 수 없었다.

그 순간 하비처는 확신했다.

'교주님이 찾고 계시다던 슈넬덴의 공자가 바로 저자로구나.'

캘리퍼에서 3사도를 죽인 장본인이 말이다.

그렇지 않고서야 이런 일이 가능할 리가 없었다.

'그럼 내가 저놈을 교주님께 바친다면?'

분명 여태 교주님께서 원하던 그 어떤 것보다도 큰 선물이 될 것이다.

그리고 교주는 공치사에 있어서는 그 누구보다 철저하신 분.

어쩌면 비어 있는 3사도의 자리를 자신이 차지할지도 몰랐다.

거기까지 생각이 이르자 그의 입가에 진한 미소가 그려졌다.

"아무래도 신께서 내 신앙심에 감명받으신 모양이군. 그 저 파견으로 나온 임무에서 이런 월척을 건질 줄이야!"

쿵.

그가 오른쪽 발로 지면을 강하게 밟았다.

그러자 지면에서 무엇인가 형태를 갖추기 시작했다.

─크르르르륵……

그건 오크들이었다.

그냥 오크가 아니라 하나하나가 설산에서 봤던 오크왕과 비슷한 모습.

아니, 어쩌면 그 오크왕보다도 강할지도 몰랐다.

그런 녀석들이 공동 안을 가득 채울 만큼 늘어나더니, 순식간에 루크 일행을 완전히 포위했다.

채채쳉.

루크 일행도 검을 뽑아 들었다.

저게 단순한 환영이 아니라는 것쯤은 그들도 조금 전 보아서 알고 있었다.

상호 간에 긴장감이 흐르고 있을 때, 루크가 한 발 앞으로 나섰다.

"한 가지만 물어볼게."

"죽기 직전에 하는 질문인데 대답해 주지."

"네가 일리아스에게 건 '암시'라는 건 누구에게 배운 거지?"

"음?"

예상치 못한 질문에 하비처가 고개를 갸웃했다.

"왜 너도 그걸 배우기라도 하려고? 아서라, 나도 너를 교단으로 데려갈 생각이지만, 암시는 나 같은 환술사들이나 배울 수 있는 거야."

"아니."

루크의 검이 하비처를 겨눴다.

그의 눈빛은 잘 벼려진 벨무스보다도 날카롭게 빛났다.

"그걸 배운 새끼들은 내가 한 놈도 남기지 않고 죽여 버리려고."

루크의 살기가 하비처를 덮쳤다.

하비처는 그 살기를 마주한 것만으로도 몸이 굳는 것 같았다.

하지만 그는 이내 정신을 차렸다.

이곳은 현화경진 위.

이 진 위에 있는 한 유리한 쪽은 자신이었다.

"허허허, 나를 살려 두지 않아? 과연 네 앞에 잔뜩 깔린 마물들을 보고도 그런 소리가 나오는 건가?"

-크르르릉……

오크들이 하비처의 말에 반응하기라도 하듯 루크를 향해 이를 드러냈다.

"잔챙이 따위는 치워."

콰아아아아아앙!

루크가 벨무스를 휘두르자 거대한 검풍이 터져 나왔다.

그의 앞을 막고 있던 오크들이 마치 모래성처럼 무너졌다.

환영 하나하나의 핵과 뼈대를 정확히 노린 덕분에 가능한 묘기였다.

타앗!

가루가 되어 부스러지는 오크들 사이로 루크가 쇄도했다.

새하얀 검신이 하비처를 노리고 날아들었다.

딱!

하비처가 급하게 손가락을 튀겼다.

푸확!

그러자 그의 앞에서 거대한 철벽이 솟아나 벨무스를 막아섰다.

웬만한 검으로는 흠집조차 낼 수 없어 보이는 철벽이 겹겹으로 쌓였다.

각기 다른 핵과 뼈대를 가진 철벽이 겹쳐 있으니, 단번에 이 벽을 뚫을 수는 없으리라.

하비처는 그렇게 생각했다.

쩌어어어엉!

그러나 루크는 그 벽을 순식간에 여러 번 후려쳤다.

그러자 겹겹이 쌓인 철벽도 오크들처럼 부스러졌다.

'그 짧은 시간에 벽의 구조들을 모두 파악했다는 건가?'

하비처에겐 놀라고 있을 시간이 없었다.

벨무스가 서늘한 검명을 울리며 그에게로 날아들고 있었으니까.

하비처는 그런 루크를 보며 말했다.

"여기까지 오기를 기다리고 있었다."

하비처의 입꼬리가 기괴하게 올라가더니.

쭈우욱.

순간 그의 몸이 반으로 쭉 갈라졌다.

그 괴기한 모습에 놀랄 틈도 없이, 갈라진 몸 틈으로 갈비뼈가 쑥 튀어나왔다.

마치 루크를 포박해 자신의 몸 안에 가두기라도 할 것처럼.

루크는 이미 속도가 붙은 상황, 피하기는 무리이리라.

'이 상황에서 몸의 방향을 바꾸는 것은 무리겠지.'

하비처는 확신했다.

그러나 루크는 너무나도 쉽게 방향을 틀었다.

어쩌면 처음부터 이 상황을 알고 있기라도 했던 것처럼.

휘익.

그리고 벨무스를 역수로 고쳐 쥐고는 허공을 향해 내질렀다.

분명 아무도 없는 곳이었다.

푸욱.

하지만 그곳에서는 검이 박히는 소리가 들려왔다.

푸화악!

"크으윽."

루크가 검을 뽑아내자 허공에서 붉은색 피가 터져 나오며 누군가의 신음이 들려왔다.

그와 동시에 하비처의 모습이 드러났다.

그것은 환영이 아니라 하비처의 실체였다.

그런 그를 내려다보는 루크의 눈에 한기가 어렸다.

"일단 그 빌어먹을 기술을 배운 너부터 죽여 주지."

하비처는 분수처럼 뿜어져 나오는 피를 보며 눈을 부릅떴다.

"어, 어떻게⋯⋯?"

그는 설마 하는 마음에 현화경진의 상태를 점검했다.

그러나 현화경진에는 아무런 이상도 없었다.

그렇다면 저놈은 어떻게 환술을 꿰뚫고 자신이 있는 곳을 정확히 짚어 냈단 말인가.

"너희들의 마나에선 아주 역한 냄새가 나거든."

"지금 그따위 말을 믿으란 거냐?"

마나에서 냄새가 나다니, 세상에 그 말을 믿을 멍청이는 없었다.

동시에 한 가지 가능성이 떠올랐다.

"설마 마나의 흐름을 읽었다는 건가?"

이론적으로 가능하긴 했다.

현화경진은 마나의 흐름에 생기는 이상 현상까지 보정하기는 하지만, 기감이 매우 예민한 이라면 그 균열을 눈치챌 수도 있으리라.

하지만 그건 어디까지나 이론의 영역일 뿐.

그 정도로 예민한 기감을 가진 이가 드물뿐더러, 설령 가지고 있다고 해도 계속해서 정신을 좀먹어 가는 현화경진 위에서 그런 기감을 유지하는 건 말도 안 됐다.

'저놈은 교주님이 특별히 원하는 그릇. 평범한 잣대를 들이대는 게 더 이상하지.'

어깨에서는 피가 줄줄 흐르고 있었지만, 오히려 머릿속은 더욱 빠르게 돌아갔다.

"인정해 주지. 너에겐 교주님의 선택을 받을 자격이 있어."

"내가 너나 네 교주의 인정이나 받자고 이러고 있는 것 같아?"

"고작 나를 한 번 벤 걸로 기고만장해졌군. 그래 봐야 네가 아직 현화경진에서 벗어나지 않았다는 것은 똑같다."

"네가 아무리 환술의 힘을 빌려 봐야 네가 있는 곳은 절대 안 놓쳐. 무슨 일이 있어도 네 목은 내가 직접 베어 주지."

루크는 그렇게 말하면서 호흡을 가다듬고 있었다.

'이왕이면 좀 빨리 끝내야 할 것 같은데.'

루크는 굳이 내색하지는 않았지만, 사실 조금 지쳐 있는 상태였다.

데이먼과의 전투 때부터 줄곧 머리끝까지 분노가 차오른 탓에 체력을 효과적으로 안배하지 못한 것이다.

그런 상황에서 방금도 하비처를 보고 눈이 돌아가는 바람에 꽤 무리하게 몸을 움직였다.

이런 상황에서 시간을 끈다면 결국 녀석에게 기회를 만들어 주게 될 터.

더 이상 체력을 소모하기 전에 얼른 놈을 끝내 버리는 게 나을 것이다.

결정을 내린 루크가 움직였다.

벨무스가 또다시 호선을 그리며 움직였다.

루크는 한줄기 섬전이 되어 하비처에게로 날아갔다.

촤악!

하비처는 가까스로 루크의 검을 피했다.

그럼에도 그의 목덜미에 검상이 새겨졌다.

회피가 조금이라도 늦었다면, 이번에는 진짜 그의 목이 잘렸을 것이다.

그럼에도 하비처의 표정엔 아직 일말의 여유가 느껴졌다.

마치 믿는 구석이 있기라도 한 것처럼.

"넌 현화경진이 어째서 기적의 환술이라고 불리는지 알아?"

하비처의 입가에 미소가 진해졌다.

그의 손에서 검은 연기가 터져 나왔다.

그는 공동을 순식간에 연기로 가득 채우더니, 그 연기 속으로 녹아들어 갔다.

"환술이 가지는 가장 큰 제약을 뛰어넘기 때문이지."

하비처의 모습이 완전히 사라졌다.

이제 공동 안은 검은 연기로만 가득 찼다.

율리안이나 테오 사단의 목소리도 들리지 않는 것도, 환술이 청각을 차단하고 있기 때문이리라.

그들 역시 각자의 공간에서 자신과 비슷한 광경을 보고 있을 것이다.

하비처가 현화경진에 그토록 자신감을 가지는 이유를 알 것도 같았다.

이렇게 모든 감각이 차단된 상태에서 공격당한다면, 그 누구라도 살아남기 힘들 테니까.

그러나 이 역시 루크에게는 통하지 않았다.

루크에게는 시각이나 청각이 아니더라도, 주변을 파악할 수 있는 수단이 있었기 때문이다.

루크가 곧장 기감을 퍼뜨리자 주변 마나의 흐름이 느껴졌다.

일정하게 흘러가는 마나 속에서 유독 묘한 흐름을 보이는 곳.

그곳에 하비처가 있을 것이다.

파앗!

그리고 루크는 그곳을 향해 검을 내질렀다.

챙!

그러나 강렬한 감각이 그의 검을 막아섰다.

그 순간 루크가 인상을 찌푸렸다.

그것은 검으로 검을 막을 때의 감각이었으니까.

'하비처는 검을 들고 있지 않았었는데.'

그렇다면 분명 환술로 만들어 낸 것 중에서 검을 든 자가 있겠지.

루크는 그 검이 누구의 것인지 확인했다.

누구라도 이 자리에서 베어 버리리라 생각하면서.

그리고 그 정체를 확인한 루크의 입에서는 쌍욕이 흘러나왔다.

"이 씨발 새끼가."

"하하하하, 뭐 못 볼 거라도 봤어?"

연기 속에서 하비처의 목소리가 들려왔다.

철컥.

그리고 연기 속에서는 루크의 검을 막은 자가 나타났다.

하얀 백골에 씌워져 있는 경갑.

그리고 그 경갑의 가슴팍에 새겨진 문양은 바로 슈넬덴의 문양이었다.

그렇다.

떨그럭, 떨그럭.

몸을 움직일 때마다 기괴한 소리를 내는 그는 바로 카딘 슈넬덴의 백골이었다.

어째서 자신들이 수습했던 카딘이 살아서 움직인단 말인가.

혹시 저것도 환영인 것일까?

처음에는 그런 생각도 들었다.

그러나 카딘에게서는 환영의 핵이 전혀 느껴지지 않았다.

다시 말해 카딘의 백골은 환영이 아니라 현실이라는 것이다.

"흐흐흐, 현화경진의 최종 형태는 환영의 실체화지. 그건 너희가 수습한 카딘의 백골을 그대로 일으킨 거야. 물론 백골의 움직임에는 아마 네 기억 속의 정보가 스며들 테지만."

"……."

지금 루크의 귀에는 어떤 말도 들리지 않았다.

검을 쥔 자세하며 그 특유의 분위기마저 생전의 모습과 똑같았다.

정말 죽은 카딘이 되살아난 것 같았다.

생전에도 흑성교의 암시에 대항하기 위해 홀로 죽어 가는 것을 택한 카딘.

이제야 안식을 되찾을 줄 알았던 그가 또다시 흑성교의 꼭두각시가 되다니.

그 사실에 대한 분노가 루크의 머릿속을 휩쓸고 있었다.

"선조의 무덤에서 선조와 직접 싸운다라……. 이거 정말 재밌겠는데?"

"너는 내가 반드시 찢어 죽여 버리겠어."

"그건 네 선조부터 처치하고 말하지그래?"

하비처의 웃음소리가 연기 속에서 울려 퍼졌다.

떨그럭, 떨그럭.

그리고 카딘의 백골이 루크를 향해 검을 휘둘렀다.

쩌어어엉!

한기를 두른 벨무스가 그 검을 막아 냈다.

그저 막아 내기만 한 것이 아니었다.

검을 막아 내는 순간, 동시에 앞쪽으로 밀어내며 카딘의 무게 중심을 흩트렸다.

힘의 순환까지 자연스럽게 들어가며 카딘의 몸이 휘청거렸다.

그 순간 루크는 한 발을 앞으로 내디디며 팔을 쭉 뻗었다.

사락.

벨무스에서 피어난 눈송이가 카딘을 향해 덮쳐들었다.

이미 균형이 무너진 탓에 허점이 고스란히 드러난 카딘의 몸.

그러나 카딘은 생전의 신체 능력을 자랑하기라도 하듯, 한 발로 몸을 지탱했다.

휘릭-!

그러고는 그 다리를 축으로 한 바퀴 회전하며 검을 횡으로 그었다.

거센 검풍이 루크의 눈송이를 날려 버렸다.

과거 루크의 선택을 받은 후계자다운 움직임이었다.

아마 그때의 카딘과 지금의 루크가 맞붙었다면, 루크가 패배할 수도 있었을 것이다.

하지만 이건 진짜 카딘이 아니라, 현화경진에 의해 만들어진 꼭두각시일 뿐.

당연히 그 실력까지 완벽하게 따라 할 수는 없었으리라.

그리고 루크의 눈에는 확실하게 보였다.

자신을 덮쳐드는 검풍 속에서 만들어지는 빈틈이.

루크는 그 틈을 향해 벨무스를 찔러 넣었다.

쐐애애애액-!

검신 위로 피어난 한기가 검풍을 밀어내며 틈을 벌렸다.

벨무스가 그 틈을 파고들었다.

검 끝이 카딘의 몸을 파고들려는 순간.

멈칫.

쏜살처럼 나아가던 벨무스가 멈칫했다.

상대의 수에 당한 것이 아니었다.

루크가 스스로 검을 멈춘 것일 뿐.

'제기랄.'

아무리 저것이 꼭두각시라는 걸 알고 있다고 하더라도, 제 손으로 아들의 백골을 베려 하니 저도 모르게 몸이 멈칫거린 것이다.

결과적으로 자신의 실수 때문에 이곳에서 홀로 죽어 간 카딘이었기에 더욱 망설여졌다.

'여기서 망설인다고 해결될 건 없어.'

루크는 다시금 검을 내뻗었다.

그 간격은 그리 길지 않았다.

그러나 카딘 정도의 실력자는 이 정도 머뭇거림은 곧 반격의 기회로 이어 갈 수 있었다.

후우웅!

서걱.

카딘의 검이 루크의 팔뚝을 베고 지나갔다.

루크가 백운보를 밟는 게 조금이라도 늦었다면, 팔에 치명상을 입었을지도 몰랐다.

루크가 인상을 더욱 찌푸렸다.

그는 속으로 몇 번이고 자신을 다그쳤다.

그러나 그 어떤 전투에서도 망설임 없이 적을 베어 버리던 루크조차, 자신의 아들 앞에서는 망설임이 생길 수밖에 없었다.

그것도 아들의 숭고한 죽음을 본 직후라 그 망설임은 더욱 커질 수밖에 없었다.

아니, 어쩌면 더 이상 카딘에게 죄책감을 지기 싫은 것일지도 몰랐다.

'그래도 내 손으로 해야겠지.'

지금 여기서 카딘을 벨 수 있는 실력을 가진 이는 자신밖에 없었다.

그리고 카딘을 베고 나서야 하비처에게 이 죗값까지 함께 물을 수가 있었다.

어차피 환생했던 순간부터 가문을 되살리기 위해 뭐든지 하겠다고 마음먹지 않았던가.

그 '뭐든지'에는 자신의 아들을 스스로 베어 버렸다는 죄책감을 지는 것도 포함해야 할 것이다.

'과거에 매여 현재를 잃을 수는 없으니까.'

루크가 마음을 먹고 검을 들어 올릴 때였다.

스윽.

누군가 루크의 앞을 가로막았다.

"작심은 한 것 같다마는 선조의 환영은 내게 맡기거라."

"아버지?"

그것은 율리안이었다.

"환술은 어떻게 푸신 거예요?"

"나도 나이를 헛먹은 것은 아니란다."

확실히 환술과 같은 정신계 기술에는 테오 사단보다 율리안이 훨씬 더 잘 대처할 수 있었다.

하지만 그렇다고 해서 율리안의 상태가 괜찮은 건 아니었다.

이 현화경진 위에서 정신을 또렷하게 유지하는 것만으로도 힘겨울 테니까.

"어쨌든 저 선조는 제가 상대하겠습니다."

"아니다. 내가 하마."

"아무리 꼭두각시라고 해도 소가주 시절의 실력이 어느 정도 남아 있어요. 지금의 아버지 상태로는 자칫 크게 다칠 수도 있다고요."

그건 냉정한 판단이었다.

그리고 율리안도 그에 대해 잘 알고 있었다.

그러나 그가 절대 이 길을 비켜 줄 수 없는 이유가 있었다.

"더 이상 네가 죄책감을 가지는 걸 보고 싶지 않구나."

"……!"

루크가 눈을 동그랗게 떴다.

율리안은 시선을 정면에 고정한 채로 말했다.

"내가 보기에 너는 카딘께 죄책감을 가지고 있는 것 같더구나. 그래서 조금 전에도 검을 내뻗는 걸 망설였던 게지?"

"……."

루크는 어떤 말도 하지 못했다.

이 상황에서 입을 연다면 정말 모든 것을 털어놓고 싶어질 것 같았기 때문이다.

"어째서 네가 저 선조께 그토록 깊은 죄책감을 가지는 건지 내가 다 이해하지는 못한다. 다만 나는 너의 아비로서 더 이상 네 어깨에 더 큰 죄책감이 지워지는 걸 보고 있을 수 없다."

"아버지……."

"그리고 이왕이면 네가 선조의 백골을 부수고 죄책감을 느끼는 것보다, 그 원인을 직접 제거하고 통쾌해하는 것을 보고 싶구나."

율리안의 시선이 검은 연기 속을 향했다.

정확히는 그 연기 속 어딘가에 숨어 있을 하비처를 향한 것이다.

"어차피 네가 저놈을 잡는다면, 결국 선조께서도 다시 안식을 누리지 않겠느냐?"

루크는 율리안과 카딘을 번갈아 보았다.

그러고는 이내 하비처 쪽으로 고개를 돌렸다.

검은 연기 속에서 하비처의 기운이 일렁이는 게 느껴졌다.

기운이 점점 멀어지는 게 도망이라도 치는 것 같았다.

아마 녀석도 율리안이 환술을 풀고 나타나 카딘을 막아 줄 거라는 예상은 하지 못했던 것이겠지.

"여긴 내게 맡기고 얼른 저놈부터 잡거라."

"고맙습니다, 아버지."

루크는 진심으로 율리안에게 고마웠다.

아마 율리안이 카딘을 상대로 버텨 줄 수 있는 시간은 그리 길지 않을 것이다.

그전까지 반드시 하비처를 죽이든, 진을 파괴하든 해야 하리라.

"아비가 되어서 해 줄 수 있는 게 고작 이런 거라 미안하다."

"그거면 차고 넘칩니다."

타앗.

루크는 그 말을 끝으로 통로 쪽으로 내달렸다.

율리안은 멀어져 가는 루크를 보다가 다시 시선을 카딘 쪽으로 옮겼다.

설풍검제의 선택을 받은 후계자이자, 자신이 싸워야 할 상대였다.

"후우."

그가 숨을 깊게 몰아쉬었다.

떨그럭, 떨그럭.

카딘의 백골이 소름 끼치는 소리를 내며 움직였다.

이 차가운 동굴에서 외로이 죽어 가던 중에도 슈넬덴의 비전을 남긴 가문의 영웅.

그런 분이 흑성교의 꼭두각시가 된 걸 보는 것도 모자라

목숨을 걸고 검을 나눠야 한다니.

그 사실에 율리안조차도 검을 드는 게 망설여졌다.

그러나 자신이 나서지 않으면, 루크 혼자서 그 죄책감을 모두 뒤집어쓰게 될 터.

척.

마음의 준비를 마친 율리안은 카딘을 향해 예를 취했다.

"슈넬덴의 현 가주 율리안 슈넬덴이라고 합니다."

떨그럭.

카딘에게서는 당연히 아무런 대답도 없었다.

지금의 그는 눈앞에 있는 모든 것을 베어 버린다는 단순한 명령이 입력된 꼭두각시일 뿐이었으니까.

카딘이 율리안을 향해 검을 휘둘렀다.

"까마득한 후손이 감히 검을 들이대는 것을 용서하시지요."

율리안 역시 카딘을 향해 검을 들어 올렸다.

"하나 내 차마 아들이 죄책감에 시달리는 꼴은 보고 있을 수가 없습니다."

카앙!

두 개의 검이 허공에서 충돌했다.

검을 통해 전해지는 충격만으로도 율리안은 하마터면 중심을 잃을 뻔했다.

그러나 그건 시작에 불과했다.

슈와아아악!

카딘은 율리안의 중심이 흐트러진 곳을 정확히 노리고서 검을 내질렀다.

카딘의 검이 몇 갈래로 나뉘었다.

혹시 저것도 환술의 일종일까.

아니, 저건 환술이 아니라 검을 워낙 빠르게 여러 번 찌르면서 생긴 잔상이었다.

카가가가강!

율리안은 몇 개의 검을 막을 순 있었지만, 모든 공격에 다 대응할 수는 없었다.

결국 그는 바닥을 뒹굴다시피 하며 나머지 공격을 피했다.

일단은 거리를 두면서 숨을 돌리려 했지만, 카딘은 그걸 내버려 두지 않았다.

슈우우우욱!

어느새 거리를 좁힌 카딘이 율리안의 가슴팍을 향해 검을 내질렀다.

카앙!

율리안은 가까스로 검을 막기는 하였으나, 그 충격까지 상쇄하지는 못하고 뒤로 날아가 벽에 처박혔다.

"크윽……!"

율리안이 먼지 더미에서 몸을 일으켰다.

'루크의 말대로군.'

아무리 꼭두각시라고 해도 카딘은 생전의 힘을 어느 정도 지니고 있었다.

그리고 그 어느 정도만으로도 율리안을 상대하기에 충분했다.

'괜찮다. 애당초 이 승부에서 이길 마음으로 선 것이 아니니까.'

어차피 루크가 하비처를 쫓아갔다.

자신의 역할은 루크가 하비처를 제압하고 현화경진을 해체할 때까지 시간을 버는 것.

'버티는 거라면 그 누구에게도 지지 않을 자신이 있지.'

율리안의 일생은 언제나 버티는 것이었으니까.

'이대로 죽을지언정 패배하지는 않는다.'

그 마음이 카딘에게도 전해진 것일까.

떨그럭.

어쩐지 카딘의 입에서도 만족스러운 미소가 보이는 것 같았다.

타앗!

그리고 둘의 검이 또다시 공동 한가운데서 부딪쳤다.

※

"허억, 허억!"

하비처는 전속력으로 내달리는 와중에도 자꾸만 뒤를 쳐다봤다.

뒤에서는 루크가 엄청난 속도로 쫓아오고 있었다.

녀석이 한 발자국을 내디딜 때마다 온갖 환영들이 그의 앞을 막아섰다.

지옥 늑대의 이빨, 설산 오우거의 손, 마룡의 협곡의 칼날 등.

하나같이 현화경진을 통해서만 만들어 낼 수 있는 환영들이었다.

그리고 이렇게 쏟아 내는 환영은 사도라고 할지라도 고전할 만한 수준이었다.

서걱, 서걱, 서걱.

하지만 루크는 속도를 전혀 죽이지 않은 채 단 일검으로 그 환영들을 베어 버렸다.

시간이 갈수록 자신과의 거리가 점점 좁혀지고 있었다.

'어떻게 저럴 수가 있는 거지?'

사실 이유는 간단했다.

저놈이 웬만한 사도들보다 더 강한 녀석이기 때문이다.

최소한 고위 사도급과 비슷한 실력이라고 볼 수 있으리라.

슈화아아아악-!

그의 뒤쪽에서 섬뜩한 검기가 날아왔다.

그는 달리는 방향을 틀어 가까스로 검기를 피했다.

"끄윽!"

살짝 스친 것만으로도 팔이 절단되는 것 같은 느낌이 들었다.

끔찍한 고통이었지만, 그는 이를 악물고 앞으로 내달렸다.

여기서 멈추게 되면 자신은 저놈의 손에 죽게 될 테니까.

그렇다고 그에게 살길이 전혀 없는 것은 아니었다.

'이대로 그곳에 도착하기만 하면, 저놈을 상대할 수 있을 거야.'

현화경진의 중심부.

그곳에는 현화경진이 작동할 수 있도록 마나를 공급하는 커다란 흑요석이 있었다.

그 돌의 힘을 끌어다 쓸 수 있다면, 저 괴물을 제압하는 것도 가능하리라.

하비처는 오직 그 일념만으로 앞으로 내달렸다.

자신이 할 수 있는 모든 힘을 끌어다 루크의 앞에 환영을 펼치면서.

그런 그의 간절한 노력 덕분이었을까.

그는 동굴 밖으로 나와 진의 중심까지 가는 데 성공했다.

물론 그의 몸은 루크가 날린 검기들로 피투성이가 되어있었지만, 어쨌거나 살아서 이곳까지 왔다는 게 중요했다.

고오오오-!

그곳에서는 바위만 한 흑요석이 검은색 빛을 뿜어내며 마나를 공급하고 있었다.

'겨우 도착했군.'

하비처가 숨을 돌릴 때였다.

저벅, 저벅.

뒤쪽에서 발걸음 소리가 들려왔다.

"이제 다 달렸냐?"

루크의 입에서 서늘한 목소리가 흘러나왔다.

하비처는 두려움을 밀어내기 위해 일부러 더 크게 웃었다.

"흐흐흐흐, 네가 나를 쫓아왔다고 생각하나? 그게 아니라 내가 너를 이곳까지 유도한 것이다."

"그래?"

쿠구구구구!

하비처가 흑요석에 손을 얹자, 흑요석의 공명음이 더욱 커졌다.

"널 살려서 데려가는 게 불가능하다면, 죽여서라도 교주님께 바치겠다."

흑요석에서부터 검은색 빛이 뿜어져 나왔다.

그리고 그 빛은 순식간에 루크를 집어삼켰다.

그 움직임이 어찌나 빨랐던지, 루크는 별다른 대응을 하지도 못하고 어둠 속에 집어삼켜졌다.

"흐흐흐흐."

하비처가 그제야 웃음을 터뜨렸다.

그건 흑요석의 마나를 실체화시켜 만들어 낸 구체였다.

게다가 그 구체 안에서도 현화경진은 유지된다.

"그러니까 넌 거기 갇힌 채로 죽을 때까지 환영이나 보게 될 것이다."

하비처는 침을 질질 흘리면서 소리를 질렀다.

흥분한 탓에 조금 망가졌을지언정 승리만큼은 장담할 수 있었다.

하지만 그것도 잠시, 검은색 구체 안에서 루크의 목소리가 들려왔다.

"고작 이게 네가 그렇게 기를 쓰고 도망쳤던 이유였어?"

쩌저저적.

흑요석의 마나가 다 될 때까지 이어질 거라 장담했던 구체에 금이 가기 시작했다.

"서, 설마?"

그걸 본 하비처의 동공이 미친 듯이 흔들렸다.

우우웅.

그 균열 틈으로 서늘한 검명이 들려왔다.

그것은 지금껏 자신을 쫓고 있던 바로 그 검명이었다.

화아아아아악!

그 균열 사이로 백색 빛이 폭발하듯 터져 나왔다.

그건 슈넬덴의 한기가 담긴 백색 검기였다.

하지만 이 검광은 어딘가 달라 보였다.

지금껏 '루크'하면 떠오르는 아름답고 유려한 빛이 아닌, 설산 북쪽에서부터 불어오는 눈보라를 떠올리는 듯한 검기였다.

틈 사이로 들려오는 벨무스의 검명도 더욱 커졌다.

콰아아아아아아앙!

결국 루크를 감싸고 있던 검은색 구체가 깨졌다.

그 충격 때문이었을까.

바위만 하던 흑요석까지도 산산조각이 나 버렸다.

후두두두둑.

흑요석의 잔해가 마치 검은색 비처럼 하늘에서 쏟아졌다.

그리고 그 검은 비 사이로 루크가 걸어 나왔다.

저벅, 저벅, 저벅.

그의 시선은 오로지 하비처만을 향하고 있었다.

이 세상에 하비처와 자신, 오직 단둘만 존재하기라도 하는 것처럼.

하비처의 얼굴이 창백하게 질렸다.

산산이 조각나 버린 흑요석을 보고 있으니 등골이 오싹해졌다.

현화경진을 운용할 수 있을 만큼 거대한 마나가 담겨 있던 흑요석이었다.

그걸 순식간에 박살 내 버리다니.

'대체 뭐 하는 놈이야?'

교주님은 녀석을 그저 좋은 그릇이라고 했었다.

대체 무엇을 담아야 하기에 저런 놈을 보고 그릇이라고 이야기한 것일까.

"난 한 번 한 말은 꼭 지키는 사람이야."

어느새 루크는 하비처의 코앞까지 다가왔다.

하지만 하비처의 몸은 움직여지지 않았다.

그의 몸도 알고 있었던 것이다.

어차피 여기서 도망친다고 해 봐야 몇 발짝 가지도 못해서 루크에게 잡힐 테니까.

푸욱.

"끄아아아아악!"

어깨를 꿰뚫린 하비처의 입에서 비명이 터져 나왔다.

"널 찢어 죽인다고 했잖아. 그전까지 네가 죽는 일은 없을 거야."

루크가 그렇게 말하며 검을 휘둘렀다.

서걱.

털썩.

하비처의 아킬레스건을 베어 버렸다.

그의 몸이 털썩 주저앉았다.

그는 루크에게서 조금이라도 멀어지려고 엉금엉금 기었다.

하지만 그런다고 해서 루크로부터 멀어질 수는 없었다.

서걱.

하비처의 등에 세로로 긴 검 자국이 새겨졌다.

서걱.

반대쪽 어깻죽지도 베어 버렸다.

그는 정말 말 그대로 하비처를 찢어 죽일 셈인 것 같았다.

"끄으으으……!"

서걱.

하지만 루크는 전혀 아랑곳하지도 않고 그의 허벅지를 베어 버렸다.

"이건 카딘에게서 안식을 빼앗은 죗값이다."

파바바바밧!

눈 깜짝할 사이에 벨무스가 수십 번 휘둘렸다.

좌아아악.

하비처의 몸은 걸레짝처럼 너덜너덜해졌다.

그러나 목숨은 잃지 않을 만큼 정확히 베어 냈기에, 그는 자신의 몸이 난도질당하는 고통을 그대로 느껴야 했다.

"끄르르륵……."

그의 입에서 피가래 끓는 소리가 났다.

루크는 그의 목에 벨무스를 가져다 댔다.

"찢어 죽인다는 약속은 지켰네."

푸욱.

벨무스가 하비처의 목을 꿰뚫었다.

하비처의 눈에서 초점이 사라지더니 이내 그의 몸이 축 늘어졌다.

꽃

카가가각.

검과 검이 서로를 갉아 내며 스파크를 튀겼다.

막상막하처럼 보일 수도 있겠지만, 시간이 갈수록 율리안의 의식이 흐릿해져 갔다.

전투 중에 쌓여 가는 상처들 때문인지, 현화경진의 영향인지는 알 수 없었다.

어쩌면 둘 다일지도 몰랐다.

카앙!

검이 한 번 더 충돌했다.

손은 이미 감각을 잃은 지 오래였다.

그럼에도 율리안은 검을 멈추지 않았다.

지금 여기서 자신이 검을 멈춘다면, 카딘의 검이 자신의 장기를 꿰뚫어 버릴 테니까.

그리고 그 검은 이어서 테오 일행까지도 무사하지 못할 테고.

그러면 루크의 죄책감을 덜어주기 위해 대신한 싸움이 도리어 루크에게 더욱 무거운 죄책감을 주게 되는 것이다.

그건 결코 율리안이 원하는 바가 아니었다.

그렇기에 그는 계속해서 검을 휘둘렀다.

떨그럭.

카딘의 검이 내리쳤다.

만약 그가 백골이 아니라 생전의 모습이었다면, 저 검에서 뿜어져 나온 검기가 온 세상을 뒤덮었으리라.

그만큼 저 검이 뿜어내는 기세는 대단했다.

율리안도 그에 대응하듯 검을 들어 올렸다.

그의 검에서 새하얀 검기가 뿜어져 나왔다.

그도 알고 있다.

지금 상태에선 카딘의 공격을 막지 못할 거라는 것을.

그러나 그런 사실은 중요한 게 아니었다.

자신에겐 아이들과 슈넬덴을 지켜야 할 의무가 있었다.

"으아아아아아!"

율리안도 기합을 터뜨리며 검을 휘둘렀다.

그의 검 위에서 새하얀 검기가 불꽃처럼 피어났다.

새하얀 검기가 카딘의 앞을 막아 냈다.

그러나 카딘의 검을 온전히 막아 내기에는 아직 부족했다.

콰아아아아!

카딘의 검이 율리안의 검기를 가르기 시작했다.

율리안은 어떻게든 검기를 유지하기 위해 검을 부여잡았다.

하지만 힘과 힘으로 맞붙어서는 율리안이 카딘을 이길 수
없었다.

우두둑.

어깨뼈에 금이 가는 소리가 들렸다.

그럼에도 율리안은 검을 놓치지 않았다.

이렇게 얼마나 버틸 수 있을지 모르겠지만, 지금은 이빨이
없다면 잇몸으로라도 버텨야 했다.

그것이 루크와 했던 약속이었으니까.

파아앗.

결국 검기가 완전히 쪼개졌다.

카딘의 검은 거기서 멈추지 않고 율리안의 머리까지 쪼개
버릴 기세로 내리쳤다.

"……."

이미 양 팔이 모두 부러져 버린 상황.

이제 저 공격을 막아 낼 방법이 없었다.

'이대로 죽는구나.'

율리안은 생각했다.

누구도 원망스럽지 않았다.

그저 자신이 약한 것이 한이 될 뿐.

'미안하구나. 네가 올 때까지 버티겠노라 약속했는데.'

율리안이 체념을 하는 순간이었다.

우뚝.

금방이라도 율리안의 머리를 쪼개 버릴 것 같던 검이 멈췄
다.

"음?"

율리안은 갑작스러운 상황에 고개를 갸웃했다.

스르르륵.

마치 매달려 있던 실이 풀린 것처럼 카딘의 백골이 점차
바닥으로 쓰러졌다.

율리안은 마지막 힘을 짜내 카딘의 백골이 바닥에 부딪히
지 않도록 받아 냈다.

쉬우우우욱…….

주변을 감싸고 있던 검은색의 연기마저 사라지는 것을 보
자, 율리안의 입가에 미소가 그려졌다.

'루크가 현화경진을 해제했구나.'

저벅저벅.

그와 함께 통로 쪽에서 발소리가 들려왔다.

그것이 누구의 것인지는 굳이 돌아보지 않더라도 알 수 있
었다.

"제가 늦지 않아서 다행이네요."

통로에서 루크가 나타났다.

어찌나 급하게 달려온 것인지, 그의 호흡은 턱 끝까지 차
오른 것 같았다.

율리안은 그런 루크를 보고 미소를 지었다.

"네가 늦지 않을 걸 알고 있었단다."

"다친 데는 없으세요?"

"걱정 말거라."

율리안이 아무렇지 않다는 듯 팔을 휘적거리려 했다.

그러나 들어 올린 팔은 힘없이 아래쪽으로 축 처졌다.

"그리 무사하지만은 않구나."

"죄송해요. 조금 더 빨리 끝냈어야 했는데."

"아니다. 나보다도 선조께서 더 걱정이지."

율리안은 눈짓으로 자신이 받치고 있는 카딘을 가리켰다.

"얼른 이분께 안식을 드리자꾸나."

"네."

루크는 테오 사단과 함께 다시 카딘의 백골을 수습했다.

여전히 카딘에 대한 죄책감이 남아 있었지만, 그래도 시간이 흐른 탓에 조금은 진정이 되었다.

'이제 슈넬덴으로 돌아가자.'

카딘도 아마 이 순간을 가장 기다리고 있었으리라.

카딘을 수습하는 루크의 손길은 그 어느 때보다 조심스러웠다.

백골을 모두 수습한 루크가 몸을 일으켰다.

루크가 고개를 돌리지 않았지만, 경련하듯 떨리는 그의 어깨만 보더라도 그가 지금 눈물을 흘리고 있다는 걸 알 수 있었다.

율리안은 그런 루크의 어깨에 손을 얹었다.

"이제 슈넬덴으로 돌아가자꾸나."

루크는 고개를 끄덕이고 몸을 돌렸다.

"네가 앞서거라. 선조께서도 가장 먼저 햇빛을 보고 싶을 테니."

"네."

카딘의 유골을 든 루크가 앞장서고 그 뒤를 율리안과 일리아스, 테오 사단이 따라갔다.

이대로 공동 밖으로 나가면 카딘에게 200년 만에 햇빛을 보여 줄 수 있으리라.

그렇게 그들이 석문에 다다랐을 때였다.

멈칫.

루크가 걸음을 멈추었다.

뒤따르던 이들이 의아한 시선으로 그런 루크를 쳐다보았다.

그러나 루크는 입을 꾹 다문 채로 앞을 보고 있었다.

그런 루크의 표정은 딱딱하게 굳어 있었다.

"대체 앞에 뭐가 있기에 그러는 것이냐?"

고개를 돌린 율리안의 표정도 급격히 굳었다.

입구 쪽에서 쏟아지는 빛을 등지고 한 사람이 서 있었다.

그자는 하비처였다.

"루크, 저자는 네가 죽인 것 아니었느냐?"

"맞아요. 제가 확실히 죽였어요."

죽이기만 했을까.

아예 갈기갈기 찢어 버리기까지 했다.

그런 그가 살아 돌아온 것일까?

루크도 잠깐은 놀랐다.

그러나 그는 이내 고개를 저었다.

'아니, 하비처가 아니야.'

어떻게 확신할 수 있냐고?

저자에게서 풍겨 오는 기운이 달랐기 때문이다.

저자를 보자마자 마치 포식자와 마주치기라도 한 것처럼 털이 삐쭉 섰다.

생존 본능이 발동한 것이다.

고작 하비처 따위가 자신의 생존 본능을 거들 수는 없었다.

저 가면 아래에 누군가 다른 존재가 있는 것이 아니라면.

"흐흐흐흐……."

하비처의 모습을 한 괴인이 웃기 시작했다.

그 웃음소리도 하비처와 똑같았지만, 그럴수록 그 괴리감이 더욱 커졌다.

"기다리기도 심심해서 작은 이벤트를 준비한 건데, 별로였나 보네."

괴인은 어찌나 웃었던지 눈꼬리에 눈물이 맺혀 나왔다.

겉으로만 봐서는 전혀 위협이 되지 않을 것 같은 행동이었다.

그러나 루크는 그런 그에게 시선을 고정한 채로 중얼거렸다.

"검진 만들어."

느닷없는 지시였지만, 테오 사단은 곧바로 검진을 만들었다.

그들도 느끼고 있었던 것이다.

지금 자신들의 앞에 있는 저자가 심상치 않음을.

"저자가 누구인지 알겠느냐?"

"흑성교 같기는 한데, 누군지는 몰라요."

율리안의 물음에 루크가 대답했다.

"최소한 사도급, 혹은 그 이상일 것 같네요."

"사도 이상이라면……?"

"네, 교주요."

교주라는 말에 모두의 시선이 다시 괴인을 향했다.

괴인도 그들의 대화를 들은 것일까.

어느새 웃음을 그치고 이쪽을 바라보고 있었다.

괴인의 눈이 루크 일행을 슥 훑었다.

마치 독사 수백 마리가 몸을 휘감는 것 같은 느낌이었다.

"제대로 봤네."

그리고 괴인의 형체가 녹아내리기 시작했다.

녹아내린 형체 안에서 요염한 여성이 나타났다.

펑퍼짐한 검은 로브도 그녀의 몸매를 완전히 가리지는 못했다.

"역시 단설의 기사님이시군."

굵고 묵직했던 목소리도 점차 얇고 간드러지게 변했다.

"미안하게 됐어. 우리 아이가 너희에게 몹쓸 짓을 했다지?"

목소리로 귀를 녹인다는 비유가 바로 이걸 듣고서 나온 것일까.

잔뜩 긴장한 채로 검진을 이루고 있던 테오 일행은 저도 모르게 자세가 풀리는 것 같았다.

하지만 루크 만큼은 흔들림 없는 눈으로 그녀를 응시했다.

그녀 역시 그런 루크가 흥미로웠는지 매혹적인 미소를 지었다.

"나는 흑성교의 교주 아리엘이라고 해. 이렇게 만나게 되니 반가워."

"……."

"어머나, 설마 낯을 가리는 거야? 그런 성격인 줄은 몰랐네."

루크는 아무 대답 없이 벨무스에 손을 가져다 댔다.

언제라도 검을 뽑을 수 있을 것 같은 자세였다.

그걸 본 아리엘은 새빨간 입술을 열었다.

"너무 성급하게 굴지 마. 네가 검을 뽑으면 우리가 이렇게 평화롭게 이야기할 수 있는 시간이 짧아지잖아. 나는 그러고 싶지 않아."

"원하는 바가 뭐지?"

테오 사단이 깜짝 놀란 눈으로 루크를 보았다.

루크의 표정에서 긴장감이 엿보였다.

'루크가 싸움을 피하는 건가?'

물론 저 교주가 범상치 않다는 건 알고 있었다.

그러나 루크는 그 어떤 상대이든 일단 검을 들이대지 않았던가.

그런 루크조차도 싸움을 피하고 싶을 정도로 강한 상대라는 의미였다.

"흐음, 내가 원하는 게 뭐가 있을까나?"

그녀는 가늘고 긴 검지를 까딱까딱하더니, 루크가 들고 있는 궤짝을 가리켰다.

"그거."

"이게 너한테 왜 필요한데?"

"뭐 사실 필요는 없어. 굳이 말하자면 네가 소중하게 여기는 걸 가지고 가고 싶은 마음이랄까? 흐흣!"

스릉.

결국 루크가 벨무스를 뽑아 들었다.

당장이라도 아리엘에게 달려가려던 순간, 누군가 그를 붙잡았다.

"네가 저 여인과 싸워서는 아니 된다."

율리안이 뒤쪽에서 작게 속삭였다.

"어차피 저 여자는 우리를 놓아줄 생각이 없어요. 차라리 싸우는 게 나아요."

"그건 나도 알고 있다. 그러니 누군가는 남아서 싸우고 그 틈에 누군가가 도망쳐야겠지."

"뭐라고요?"

처음부터 끝까지 단 한 번도 아리엘에게서 눈을 떼지 않던 루크가 처음으로 고개를 돌렸다.

"내가 저자를 막고 있으마. 너희는 그 틈에……."

"그런 삼류 소설 같은 말씀은 하지 마세요."

루크는 다시 아리엘 쪽으로 눈을 돌렸다.

"허투루 하는 말이 아니다. 우리 중 누군가 살아야 한다면, 그건 네가 되어야 하지 않겠느냐?"

"마음만 받을게요. 근데 어차피 저 여자의 목적은 저예요."

조금 전에 하비처가 말했었다.

자신이 교주의 선택을 받았다고.

그리고 그는 어떻게든 자신을 살려서 교주 앞에 데려가려 했다.

그런 점으로 보아 교주가 직접 이곳에 나타난 이유 역시 마찬가지일 터.

"그럴 바엔 차라리 조금이라도 성할 때 다 같이 승부를 보는 게 낫죠."

"그랬다가는 다들 죽게 될 거다"

"죽다니요, 조금 무리하면 길 정도는 뚫을 수 있어요."

루크가 한 발짝 앞으로 나서며 말했다.

"그러니까 아버지도 잘 따라붙어 줘요."

"후…… 오냐."

"다른 사람들도."

"알겠어."

루크를 필두로 율리안과 테오 사단, 그리고 일리아스가 쐐기 모양으로 섰다.

그들의 눈에서는 결연한 의지가 비쳤다.

"푸하하하하하!"

그리고 그걸 보던 아리엘이 커다랗게 웃었다.

"오래 살고 볼 일이라니까. 나한테 이렇게 도전하는 사람을 보는 것도 오랜만이네."

그녀가 천천히 손을 들어 올렸다.

"……가소롭게."

슈우우욱.

분명 밖은 햇살이 내리쬐는 낮이었건만, 그녀의 손짓과 함께 순식간에 밤이 찾아왔다.

한 치 앞도 보이지 않는 칠흑 같은 밤이었다.

"케케켁!"

그와 함께 산소를 빼앗기기라도 한 것처럼 숨이 쉬어지지 않았다.

"평화롭게 대화하려던 나를 자극한 건 너희야."

"끄르르륵."

테오 사단의 얼굴이 시커멓게 물들어갔다.

그저 그녀의 손짓 한 번에 사람이 저 지경이 되다니.

말 그대로 신의 영역에 다다른 자를 보는 것 같은 두려움이 들었다.

테오 사단의 숨이 금방이라도 넘어가려 할 때였다.

우우웅.

맑은 공명음과 함께 어둠 속에 새하얀 선이 그어졌다.

그리고 그 선을 기준으로 어둠이 반으로 갈라졌다.

그 햇살이 닿자 흑빛으로 물들어 가던 테오 사단의 안색도 원래대로 돌아왔다.

짝짝짝짝짝!

아리엘은 그런 루크를 보며 박수를 쳤다.

"역시 내가 잘못 본 게 아니었어. 너는 내가 찾던 완벽한 그릇이 맞아."

그녀는 눈을 반짝이며 입술을 핥았다.

"막상 이렇게 직접 보니까 그릇에 상처를 내고 싶지 않네.

그런 의미에서 너한테 거래 하나 제안할까?"

"거래?"

"루크 슈넬덴, 너만 순순히 나를 따라오면 다른 녀석들은 그냥 보내 줄게."

율리안과 테오 사단이 먼저 나섰다.

"저 거래는 절대 받아들이면 안 된다."

"맞아. 우리가 무사히 가문으로 돌아간다고 해도, 너를 보내면 아무 소용이 없다고."

"지금 내가 루크랑 이야기하고 있잖아?"

아리엘이 손가락을 까닥거렸다.

그러자 율리안과 테오가 바람에 날리듯 휙 날아갔다.

"미안. 지금 나는 너에게만 집중하고 싶어서. 저 정도 상처는 괜찮지?"

"당연히 괜찮지…… 않지."

파앗!

루크의 신형이 사라졌다.

순식간에 아리엘의 코앞에 나타났다.

스스슷.

이미 벨무스에서는 눈송이가 피어나 있었다.

또 그의 몸에서는 이미 냉혈의 서리가 맹렬하게 회전하고 있었다.

마치 이 일격에 모든 것을 담은 듯한 모습.

휘리리릭.

허공에 희미한 실이 나풀거렸다.

그 실이 아리엘의 주위를 **빽빽**하게 감쌌다.

그 실 하나하나에 검기가 담겨 있었다.

설풍검 6식 단설의 칼날.

루크가 마지막 검을 내리그었다.

코어의 공명을 최대치로 끌어내 만들어 낸 단설의 칼날.

그럼에도 루크는 이걸로 아리엘의 목숨을 끊을 수 있을 거라는 생각은 하지 않았다.

그 정도로 아리엘은 지금껏 만났던 그 어떤 상대보다도 강했던 것이다.

'우리가 길을 뚫고 나갈 시간을 버는 거면 충분해.'

화아아아악!

단설의 칼날이 일제히 아리엘을 빈틈없이 감쌌다.

한기를 가득 눌러 담은 검기인 만큼, 저걸 헤쳐 나오는 데는 시간이 걸릴 것이다.

"지금이야. 이 틈에 도망친다!"

율리안 일행이 곧장 루크의 뒤를 따랐다.

루크는 단설의 칼날 속에 갇힌 아리엘을 슬쩍 보고는 앞으로 내달렸다.

목숨까지 버릴 각오로 싸운다면, 호각으로 겨룰 수는 있을 것이다.

전투에 목숨을 거는 것 정도야 두렵지 않았다.

다만 두려운 것은 이제야 햇빛을 보게 된 카딘을 다시 이곳에 남겨 놓게 되는 것.

그렇기에 루크는 있는 힘껏 도망치기로 했다.

아니, 도망쳤을 것이다.

뒤쪽에서 불길한 소리만 들리지 않았더라도.

쩌저저저적······!

아리엘을 감싸고 있던 단설의 칼날에 금이 갔다.

파캉!

단설의 칼날이 깨지고, 그 안에서 아리엘이 걸어 나왔다.

그녀의 입가에는 만족스러운 미소가 만연했다.

"이것 봐. 내 눈은 틀리지 않았다니까?"

"······."

루크는 이를 악물었다.

'솔직히 이건 예상도 못 했어.'

설마 단설의 칼날을 저리도 쉽게 풀어 버릴 줄이야.

"보아하니 너도 하고 싶은 걸 다 한 것 같은데, 이제 내가 널 데려가도 되겠지?"

까딱.

그녀가 손가락을 움직였다.

보이지 않는 힘이 루크를 짓눌렀다.

"크윽!"

순간적인 압력에 루크의 입에서 신음이 흘러나왔다.

만약 이걸 당한 이가 루크가 아니었다면, 순식간에 몸에 으스러졌을 정도의 압력이었다.

'어쩔 수 없겠군.'

루크는 들고 있던 궤짝을 조심스럽게 내려놓았다.

목숨을 걸고서라도 저놈과 싸워서 이기는 것.

그것이 모두를 지키는 유일한 방법이었다.

우우우우우웅.

코어가 깨지기 직전까지 공명했다.

회로 속에 마나도 가득 넘쳤다.

필요하다면 라이프 마나까지도 꺼내 쓸 준비도 마쳤다.

"너와 함께 여기서 죽어 주지."

"어머나, 박력도 넘쳐라. 그럴수록 더 강제로 데려가고 싶어지잖아."

루크가 벨무스를 꽉 부여잡을 때였다.

여태껏 여유 만만하던 아리엘의 표정이 찌푸려졌다.

"이런. 불청객이 왔네."

기이이이잉-!

그 말과 함께 그들의 발아래 황색 마법진이 그려졌다.

"이건……?"

루크도 그 마법진이 무엇인지 알아봤다.

이 마법진은 바로 텔레포트를 할 때 나타나는 마법진.

자신이 아는 한 대륙에서 이 마법을 할 수 있는 이는 한 명 밖에 없었다.

　"갑자기 웬 소란인가 하고 왔더니, 이건 소란 정도가 아니었네."

　마법진에서 부드럽고 나긋나긋한 목소리가 들려왔다.

　그 목소리까지 들으니 확실해졌다.

　'황탑주?'

Chepter 5

마법진의 황색 빛이 점점 더 강해지더니, 이제는 사방을 가득 채웠다.

그 빛 속에서 누군가가 걸어 나왔다.

기다란 은발을 늘어뜨린 미모의 여인.

그 붉은색의 눈이 느릿하게 주변을 둘러보았다.

그러다 루크와 눈을 마주치고는 고개를 갸웃했다.

"루크 슈넬덴? 네가 왜 여기 있어?"

"그건 내가 더 묻고 싶은 말인데요?"

상식적으로 루크가 이곳에 있는 것보다 황탑에 있어야 할 황탑주가 여기 있는 게 더 이상한 일이 아니겠는가?

"나야 당연히……."

황탑주가 대답을 하려 할 때였다.

뒤쪽에서 음산한 기운이 스멀스멀 올라왔다.

조금 전 루크 일행을 압도했던 그 기운이었다.

"황탑주 크라이스, 당신을 여기서 볼 줄은 몰랐군요."

"아, 그래, 그러고 보니까 너도 여기 있었지?"

황탑주는 아리엘의 기세에 전혀 밀리지 않았다.

오히려 그토록 강대했던 아리엘의 기운이 황탑주의 기세 앞에서는 약해지는 것 같기도 했다.

"나는 도굴꾼이나 잡으러 온 건데, 대체 이게 무슨 꼴이람."

그녀가 귀찮다는 듯 허리를 툭툭 쳤다.

"도굴꾼을 잡으러 온 거면 도굴꾼이나 마저 잡으시지요. 저는 저대로 할 일이 있어서요."

"물론이지. 나도 웬만해서는 흑성교와 그다지 엮이고 싶지는 않거든."

그러나 말과 달리 그녀는 길을 비키지 않았다.

아리엘이 인상을 찌푸렸다.

"이걸 무슨 의미로 받아들이면 되죠?"

"별다른 뜻이 있는 건 아니야."

황탑주가 턱 끝으로 루크를 가리켰다.

"네가 노리는 녀석과 내가 찾는 도굴꾼이 겹치는 것 같아서 말이야. 이번에는 네가 양보해 줬으면 해."

"그러시군요."

아리엘 입꼬리가 말려 올라갔다.

스르르르.

그녀에게서 검은 아지랑이가 피어올랐다.

"그 말은 여기서 황탑주가 죽어도 상관없다는 의미로 받아들여도 괜찮겠군요?"

"그래? 그런 의미는 아니었는데."

황탑주 역시도 그에 맞서 자신의 기운을 피워 냈다.

두 강자가 서로의 기운을 겨룬 것으로도 공기가 떨리고 지면이 갈라졌다.

테오 사단도 다급하게 마나를 순환시켰다.

저 둘의 기세가 충돌하면서 만들어 낸 여파는 마나의 순환 없이 맨몸으로 버텨 내기에 버거웠기 때문이다.

'좀 전에는 이 정도까지는 아니었는데.'

아마 이것이 아리엘이 가진 진정 힘일 것이다.

새삼 자신들이 얼마나 괴물과 겨뤘는지 알 것 같았다.

"아시는지 모르겠군요."

아리엘이 황탑주를 보며 말했다.

"나는 내 것을 탐내는 자는 그게 누구라도 가만두지 않는답니다. 설령 그게 황탑주라고 할지라도요."

아리엘이 주먹을 움켜쥐었다.

지금까지 손가락만 까딱하던 것보다 훨씬 큰 동작이었다.

그 주먹 사이로 어둠이 뿜어져 나오더니 각각 거대한 창으로 변했다.

슈와아아아악!

흑색 창이 황탑주에게로 쏘아졌다.

창이 지나간 자리에는 풀 한 포기, 돌 한 조각조차 남지 않았다.

저건 파괴가 아니라 소멸에 가까워 보일 정도였다.

"더스트 클라우드."

쿵.

황탑주가 스태프를 바닥에 찍자 지면이 산산조각 나더니, 수많은 돌조각이 흑색 창을 막아섰다.

평범한 돌조각이었다면 흑색 창에 닿는 순간 소멸했겠지만, 황탑주의 마나가 담긴 돌조각은 오히려 흑색 창을 휘감았다.

흑색 창은 석화가 되어 버린 채 지면으로 떨어졌다.

"그게 끝이라고 생각한 건 아니겠죠?"

그녀가 쥐고 있던 손을 펼쳤다.

콰아아앙!

석화되어 버린 흑색 창이 폭발하면서 사방으로 어둠이 뻗어 나왔다. 그중 일부는 황탑주의 몸에도 박혔다.

그러나 오히려 공격에 성공한 아리엘의 표정이 찌푸려졌다.

파스스스.

창에 꿰뚫린 황탑주의 몸이 돌조각처럼 바스러졌다.

그러고는 그 돌조각이 다시 합쳐져 원래의 몸을 이뤘다.

"아주 거지 같은 기술을 쓰는군요?"

"명색이 황탑주인데 이 정도도 못할까?"

황탑주는 무표정한 얼굴로 주문을 외웠다.

쩌저저저적!

스태프가 지면을 강타하자 지면에 거미줄 같은 금이 생겼다. 그 금을 따라서 바위가 치솟았다. 사방에서 뻗어 나오는 바위는 그 범위 안에 있는 그 무엇도 놓치지 않을 만큼 빽빽했다.

"칫."

아리엘은 재빨리 검은 기운을 자신의 몸에 둘렀다.

콰아아아아아앙!

바위들이 검은 구체를 깨부수며 커다란 폭발을 일으켰다.

구체가 막아 준 덕에 아리엘에게 직접적인 피해가 간 것은 없었다.

그럼에도 그녀의 표정은 찌푸려진 이유는 주변에 흩날리고 있는 돌조각들 때문이었다.

스스스슷.

바위가 바스러지며 흩날린 돌조각이 닿자 피부가 딱딱하게 굳어졌다.

돌조각에 닿은 흑색 창이 그랬던 것처럼, 아리엘의 몸도 석화가 되어가고 있던 것이다.

그녀가 팔을 내저어 봤지만, 석화가 풀리기는커녕 더욱 빠르게 진행되었다.

이대로 가다간 그녀의 몸이 조각상처럼 굳어 버리리라.

'좀 전에 루크 놀아주느라 힘을 많이 썼는데, 이렇게 될 줄 알았으면 좀 아낄 걸 그랬어.'

아리엘이 두 손을 앞으로 모았다. 그 사이에서 진한 어둠이 들끓더니, 이내 그녀의 전신에서 어둠이 피어났다.

파스스스!

그녀의 피부에 내려앉은 돌조각들도 그 기운에 불에 타듯 사라졌다.

원래의 상태를 찾은 그녀의 입꼬리가 올라갔다.

"이거, 괜히 시간 끌어 봐야 좋은 것도 없을 것 같네요."

쿠구구구구구!

그녀의 주변으로 더욱 강한 기운이 피어올랐다.

공간이 뒤틀려 보일 정도로 강대한 기운.

아무리 황탑주라고 하더라도, 저런 기운에 당한다면 무사하기 어려워 보였다.

그럼에도 황탑주의 표정에는 여유가 흘러넘쳤다.

"그렇게 무리해도 괜찮겠어? 이제 그 몸도 유지하기 힘들어 보이는데 말이야."

"뭐요?"

"쯧, 본인의 상태를 전혀 모르고 있군."

황탑주가 고개를 절레절레 저었다.

그제야 아리엘은 자신의 몸 상태를 살폈다.

겉보기에는 아무런 문제도 없어 보였다.

하지만 몸 안쪽에서는 이미 심각한 문제가 발생한 후였다.

피부에 내려앉았던 돌조각 중 일부가 스며들어 마나 회로를 석화시켜 버렸기 때문.

석화된 회로는 마나를 제대로 순환시키지 못했다.

그 때문이었을까.

아리엘의 모습이 갑자기 흐릿해지기 시작했다.

"회로가 그 모양이어서야 어디 술법을 유지할 수 있겠어?"

"……처음부터 알고 있었어요?"

아리엘이 물었다.

"물질의 구조쯤이야 내 눈에 훤하게 보이지."

"젠장."

아리엘의 고운 입술에서 욕설이 튀어나왔다.

"좀 전에 루크를 상대할 때 무리만 안 했어도……."

그녀는 고개를 절레절레 저었다.

그 말을 하는 그녀의 형상이 흐릿해졌다.

그녀는 황탑주를 보며 두 손을 들어 올렸다.

"아무래도 이거 내가 포기해야 하는 상황이죠?"

"그러게 본체로 오지 그랬어?"

"나는 당신처럼 텔레포트를 할 수가 없어서요. 이 방법이 최선이었답니다."

아리엘의 모습이 더욱 흐려졌다.

황탑주가 그런 그녀에게 다가갔다.

"내가 충고 하나 하는데, 웬만하면 저 아이를 건들지 않는 게 좋을 거야."

"당신도 루크에게 눈독을 들이는 건가요? 하긴 맛집에는 사람들이 많이 몰리는 법이죠."

"그게 아니야."

황탑주는 고개를 저었다.

"내가 장담하는데 저놈의 성질을 건들고도 살아남을 수 있는 존재는 없을걸."

"……?"

아리엘은 그 말을 이해하지 못한 것 같았다.

황탑주는 그럴 줄 알았다는 듯 고개를 끄덕였다.

"하긴 넌 이미 성질을 건드리긴 했네."

황탑주가 루크 쪽을 보았다.

루크의 시선이 아리엘을 향하고 있었다.

차가운 눈빛 안에서는 들끓는 분노가 느껴졌다.

그 기운이 어찌나 강렬했던지 아리엘도 흠칫할 정도였다.

"좋아요. 이번에는 내가 물러날 수밖에 없겠군요."

아리엘의 몸은 이제 반투명해 보일 지경까지 흐려졌다.

"하지만 다음번에는 놓치지 않을 겁니다. 당신의 목숨도, 그리고 저 그릇도."

스르르르륵.

아리엘의 몸이 완전히 사라졌다.

풀썩.

그리고 그 자리에 넝마가 되어 버린 하비처의 시체가 쓰러졌다. 그녀가 무엇을 매개로 이곳에 존재할 수 있었는지 알 것 같았다.

"하아."

황탑주는 그제야 숨을 몰아쉬었다.

그녀에게도 아리엘을 상대하는 건 꽤나 버거웠던 것이다.

그나마도 저것이 그녀의 분신이 아니었다면 이렇게까지 겨루지도 못했으리라.

루크가 그런 그녀에게 다가갔다.

황탑주도 루크를 보며 한숨을 내쉬었다.

"도굴꾼이나 잡으러 오는 건 줄 알았는데, 갑자기 저런 괴물이랑 붙게 될 줄은 몰랐네."

"고마워요."

루크가 그녀에게 인사했다. 만약 그때 황탑주가 나타나지 않았더라면, 자신의 목숨은 장담할 수 없었을 테니까.

"말했잖아. 딱히 널 구해 주러 온 건 아니었다고."

"그럼 여기는 왜 온 거예요? 아니, 그전에 어떻게 알고 온 거예요?"

루크의 물음에 황탑주가 석문을 가리켰다.

"저걸 누가 만들어 준 것 같아?"

"아!"

슈넬덴의 피를 구별하고, 그 외의 어떤 열쇠로도 열리지 않는 석문.

그런 물건을 만들 수 있는 곳은 황탑밖에 없었다.

그것도 일반적인 황탑의 마법사가 아니라, 황탑주 정도는 되어야 했다.

자신의 무덤 앞 석문도, 본가 아래의 비전 서고의 석문도 모두 황탑주가 만들어준 것이었으니까.

"그럼 이것도 탑주님이 만들어 준 거라고요?"

"나한테 편지를 썼더라고. 자신이 동굴로 들어가야 하는데, 그 입구를 막기 위한 석문을 만들어 달라고."

물론 고작 그런 부탁 따위에 무려 황탑주가 움직일 리가 없었다.

평소 같았으면 그런 편지 따위는 읽지도 않고 버렸으리라.

하지만 그 편지를 보낸 이가 루크의 아들이었기에 그녀는 그 부탁을 들어주기로 한 것이다.

"만들어 준 건 알겠는데, 여기까지 오신 이유는 뭐예요?"

"그것도 녀석이 한 부탁이었어."

"부탁요?"

"그 아이는 혹여라도 이성을 잃은 자신이 저 문을 열고 나와 슈넬덴으로 돌아가는 것을 두려워했지."

그래서 카딘은 혹시라도 이 문이 열리면 이곳에 들러 달라고 부탁했다.

만약 자신이 이성을 잃은 채 날뛰고 있다면, 스스로가 슈넬덴으로 가기 전에 황탑주가 막아 줬으면 하는 바람으로.

황탑주는 그 부탁을 들어주고자 특별히 이곳에 텔레포트 마법진을 그려 둔 것이었다.

그게 대륙에 몇 개 있지도 않은 장거리 텔레포트 진이 이곳에 있는 이유였다.

하지만 황탑주가 만든 석문은 그만큼이나 튼튼했고, 카딘이 스스로 문을 부수고 밖으로 나가는 일은 없었다.

"그러다 200년 만에 문이 열린 게 느껴져서 도굴꾼이 들었나 싶어서 날아왔더니, 글쎄 슈넬덴 놈과 흑성교 교주가 싸우고 있을 줄은 몰랐지."

"……."

이야기를 들은 루크는 고개를 떨구었다.

카딘은 끝까지 가문만을 생각해서 그런 부탁까지 한 것이다. 그리고 그런 카딘 덕분에 자신들이 살아남을 수 있었다.

"하여간 슈넬덴 놈들은 이놈이고 저놈이고 할 것 없이 그저 나를 부릴 줄만 안다니까."

"카딘에게 고마워해야겠군요."

"내가 아니라?"

"물론 탑주님께도 고맙죠."

루크가 선뜻 인사하자 황탑주는 머쓱해졌는지 시선을 돌렸다.

그러던 그녀의 시선에 궤짝 하나가 들어왔다.

아마 저 안에 자신을 이곳으로 부른 고얀 녀석이 잠들어 있으리라.

"쯧쯧, 이제야 가문으로 돌아가는데, 그 집이 이래서야 쓰겠어?"

황탑주가 스태프를 바닥에 찍었다.

우우웅.

황색 빛이 뿜어져 나오더니, 그 가운데서 튼튼해 보이는 함이 나타났다.

"여기에 옮겨 담아 주려무나."

"네."

루크는 조심스러운 손길로 카딘의 유해를 새로운 함에 옮겨 담아 주었다.

그때쯤 율리안이 다가왔다.

"이제야 좀 더 편안히 모실 수 있게 되었구나."

"그러게요."

"그럼 이제 그분과 함께 돌아가자꾸나."

그들의 집이자 카딘이 죽는 순간까지도 그토록 그리워했

던 집.

슈넬덴으로.

◈

슈넬덴가로 오르는 산길.

원래는 험준하기로 소문난 곳이었지만, 이제는 워낙 찾는 사람들이 많아지면서 길목이 넓어지긴 했다.

그렇다고 해도 여전히 다른 가문으로 향하는 길에 비하면 험준한 건 사실이었다.

두두두두두.

그런 슈넬덴의 산길을 마차 한 대가 질주했다.

슈넬덴산을 이토록 빠르게 오를 수 있는 마차는 아마 대륙에 한 대밖에 없을 것이다.

바로 황탑주가 각종 마법을 덕지덕지 발라 만들어 준 마차이리라.

"……."

마차는 울퉁불퉁한 산길을 내달리고 있었지만, 마차 안은 마치 잘 닦인 포장도로를 달리는 것처럼 고요했다.

마차 안에서는 루크가 함을 소중히 끌어안은 채로 눈을 감고 있었다.

마치 과거의 어느 순간을 회상하는 것 같은 모습.

테오는 그런 루크를 가만히 바라봤다.

'무슨 사연이 있는 걸까?'

물론 가문을 위해 한목숨을 바친 선조에게 조의를 표하는 것은 후손으로서 당연한 도리였다.

그러나 루크가 보여 주는 모습은 평범한 조의처럼 보이지 않았다. 그것보다는 훨씬 더 깊은 무엇인가 있었다.

'카딘 슈넬덴에게 또 다른 사연이 있고, 루크는 그걸 알고 있는 게 아닐까?'

그렇다고 루크에게 그 이유를 물어볼 수는 없었다.

아니, 물어보고 싶지 않았다.

루크가 이야기해 주지 않는 데에는 분명 그만한 이유가 있는 것일 테니까.

언젠가 자신이 준비가 되면, 그때는 물어보지 않더라도 루크가 먼저 말해 줄 것이다.

자신이 해야 할 일은 루크가 본인의 사연을 마음 놓고 말할 수 있을 만큼 준비를 하고 있는 것이리라.

테오가 한창 상념에 빠져 있을 때였다.

"슈넬덴에 도착했습니다."

브리데커의 목소리가 들려왔다.

루크도 그제서야 감고 있던 눈을 떴다.

창문으로 슈넬덴의 커다란 정문이 보였다.

루크는 들고 있던 궤짝을 창문 가까이 가져갔다.

'카딘아, 네가 그토록 돌아오고 싶어 했던 슈넬덴이다. 보이느냐?'

많이 회복했다지만, 아직은 200년 전에 비해서 부족하기만 한 모습.

루크는 괜히 부끄러웠다.

'금방 원래대로 돌려놓을 것이다. 아니, 원래보다 더 좋아질 테니까 걱정 말거라.'

끼이이익.

정문이 커다란 소리를 내며 열렸다.

"전체에에에에에 차렷!"

그 뒤로 우렁찬 목소리가 들려왔다.

처억!

그리고 병장기가 절도 있게 부딪치는 소리가 이어졌다.

루크가 고개를 갸웃하자, 옆에 있던 율리안이 흐뭇한 미소를 지었다.

"내가 미리 서신을 넣어 뒀다. 선조께서 200년 만에 본가로 돌아오셨는데, 이 정도는 환영식은 해야 하지 않겠느냐?"

"……."

"먼저 나가려무나. 선조께 슈넬덴은 가장 먼저 보여 드려야지."

"네."

루크가 마차 문을 열고 나갔다. 율리안 일행이 그 뒤를 따랐다. 슈넬덴 기사들의 시선은 일제히 루크가 들고 있던 함을 향했다.

루크는 그들 앞에 함을 들어 올렸다.

"200년 전 슈넬덴을 위해 스스로 후계자 자리를 포기하고 홀로 죽어 가는 것을 택한 카딘 슈넬덴이시다. 모두들 선조의 뜻을 기리고 애도해 줘."

"충!"

슈넬덴의 기사들이 궤짝을 향해 일제히 한쪽 무릎을 꿇었다.

그 길의 끝에는 카딘이 가장 많은 시간을 보냈던 슈넬덴의 본관이 보였다.

'이제라도 너에게 이 모습을 보여 줄 수 있어서 얼마나 다행인지.'

루크는 흐뭇하게 웃으며 그 길을 나아갔다.

─저도 마찬가지입니다.

어쩐지 옆에서 카딘이 함께 걷고 있는 것 같은 기분이 들었다.

그날 밤.

루크는 본가를 빠져나와 슈넬덴산을 오르고 있었다.

딱히 무슨 이유가 있는 것은 아니었다.

그저 이런저런 생각이 들어 방 안에만 있기 힘들었던 것뿐.

풀벌레 소리에 루크의 발걸음이 멈췄다.

원래 목적지 없이 무작정 발걸음을 옮기다 보면, 가장 익숙한 곳에 도착하기 마련.

루크가 도착한 곳은 작은 공터였다.

'원래는 이것보다 컸었는데.'

이곳은 그가 아이들과 함께 수련했던 곳이었다.

그 이후부터는 아무도 이곳을 찾지 않으면서 점점 풀과 나무들이 자라난 것이다.

아직도 이곳에서 수련을 받던 아이들의 목소리가 들려오는 것 같았다.

　-카딘 형, 이건 도저히 못해. 형이 아버지에게 말해 줘.

　-이럴 때만 내가 형이지? 나라고 별수가 있겠냐?

　-그냥 미친 척하고 우리 형제들이 아버지를 덮쳐 봐? 이 미친 수련을 받다가 죽느니, 차라리 아버지한테 죽는 게 낫지.

　-차라리 그게 나으려…… 아, 아버지?

　-오냐, 내 자식들이 그런 깜찍한 생각을 하고 있었단 말이지? 가주 자리를 찬탈하려는 작당 모의를 발견했으니 이

대로 가만둘 수는 없지. 오늘 다 같이 한번 죽어 보자.

　-에, 에잇 모르겠다. 다들 아버지 덮쳐!

　그토록 우애 깊던 아이들이 서로를 죽이고 죽이는 내전을 벌이게 된 이유를 알았다.

　바로 흑성교 놈들이 아이들에게 암시라는 마법을 걸었기 때문이었다.

　그리고 그걸 사주한 녀석은…… 멀빈이었겠지.

　꾸우우욱.

　루크는 주먹을 꽉 쥐었다.

　코넬리오에게 복수해야 할 이유가 또 늘었다.

　그리고 이제는 복수할 대상에 흑성교도 추가해야 했다.

　지금까지 흑성교는 그저 슈넬덴을 노리는 위협이자 코넬리오의 휘하 세력이라 경계하는 정도였지만, 이제는 달랐다.

　그놈들은 루크의 자식들에게 암시라는 마법을 걸어 형제들 간의 내전을 종용했다.

　그 결과로 슈넬덴은 몰락의 길을 걷게 되었고, 카딘은 제 손으로 형제들을 베고 자신마저 컴컴한 동굴 속에 가뒀다.

　그런 놈들을 어떻게 가만둘 수가 있겠는가?

　'흑성교 놈들도 모조리 죽여 버린다.'

　흑성교주의 강함 따위는 상관없었다.

　지금도 목숨을 바치리라 마음먹는다면 교주와 대등하게

싸울 수 있었다.

여기서 자신이 조금만 더 힘을 되찾으면, 흑성교 교주든 코넬리오의 가주든 다 상관없이 죽여 버릴 수 있으리라.

'그러니까 지금 가장 먼저 해야 할 건 수련이겠지.'

스릉.

루크가 벨무스를 뽑아 들었다.

코어가 공명하며 뿜어낸 마나가 회로를 따라 흘렀다.

"큭!"

루크는 어디가 불편한지 눈썹을 꿈틀거렸다.

그러나 이내 자세를 잡고는 다시 몸을 움직이기 시작했다.

달빛을 반사하는 벨무스가 부드러운 곡선을 그렸다.

그리고 그 곡선을 따라 눈송이가 피어났다.

그가 홀로 수련할 대면 언제나 볼 수 있던 눈송이었지만, 이번에는 어딘가 조금 달랐다.

평소에는 허공에 하얀빛이 찍히고 번져 가듯 눈송이가 피어났지만, 이번에는 날카로운 눈송이가 소용돌이치듯 휘몰아치고 있었다.

설풍검이 루크의 마음속을 그대로 형상화하고 있는 것 같았다.

'내가 좀 더 빨리 힘을 되찾아야 해.'

한동안은 잊고 있었던 그 유혹이 다시금 스멀스멀 피어났다.

어차피 토대를 다지지 못한 채로 쌓아 올린 탑에는 한계가 뚜렷할 수밖에 없다.

그걸 알고 있는데도 이토록 조바심이 나는 것은 아마 흑성 교주를 만났기 때문이리라.

휙, 휙!

그녀를 떠올리자 루크의 검은 더욱 빠르게 움직였다.

그 순간이었다.

공기마저 찢어발길 기세로 움직이던 벨무스가 우뚝 멈췄다.

그리고 루크는 아무도 없는 수풀을 향해 고개를 돌렸다.

"무슨 일이에요?"

"별 뜻은 없어. 나도 산책하다가 네가 수련하는 걸 본 거지."

나무 사이에서 모습을 드러낸 이는 황탑주였다.

"내가 200년 전에 봤던 그 검을 보는 것 같아서 좀 더 감상했어."

"대대로 이어져 내려오는 검술이니까요."

"그런가?"

황탑주는 고개를 갸웃하며 앞으로 걸어 나왔다.

그저 이어져 내려왔다고 하기엔 '그 녀석'이 휘두르던 검과 너무 똑같았기 때문이다.

하지만 그녀에겐 그것보다 더 신경 쓰이는 것이 있었다.

"근데 너, 그 상태로 검을 휘두르는 건 무리인 것 같은데?"

황탑주는 그 새빨간 눈으로 루크를 훑으며 말했다.

그녀의 눈에는 루크의 회로 이곳저곳이 손상되어 있는 것이 보였다.

아마 아리엘과의 전투 때 무리했던 탓이리라.

"회로도 근육이란 마찬가지잖아요. 회로도 찢어지고 회복하는 과정에서 더욱 강해지는 거죠."

"점진적 과부하와 그냥 과부하는 한 끗 차이야. 너 그러다가 회로가 영구적으로 손상될 수도 있어."

물론 루크도 모르는 바는 아니었다.

그럼에도 루크가 조금은 무리를 해서 검을 휘두른 이유가 있었다.

바로 황탑주의 입에서 저 말이 나오도록 유도하기 위한 것이다.

"그럼 탑주님께서 좀 도와주면 안 되나요?"

"내게 도와 달라니?"

황탑주가 고개를 갸웃했다.

루크가 더욱 태연하게 대답했다.

"회로가 과부하되지 않도록 잡아 주면서 회복력도 높여 주는 연구를 하고 있다고 들었거든요. 그거라면 더욱 높은 단계의 수련들을 할 수 있을 것 같아서요."

"너…… 처음부터 이걸 노렸던 거구나?"

어쩐지 조금은 평소답지 않게 검을 휘두르더라니.

처음엔 그게 마냥 분노나 조급함에 휩싸여서 그러는 건 줄 알았다.

하지만 루크가 어떤 놈이던가.

오히려 자신의 동정심을 사기 위해 아예 대놓고 무리를 한 것이었다.

"지금까지도 많이 도와주셨는데, 제가 대뜸 더 도와 달라고 말하기는 좀 그렇잖아요."

"……영악한 놈."

황탑주가 인상을 찌푸렸다.

평소 감정의 변화가 거의 없는 그녀였지만, 루크와 있을 때는 그렇지 않았다.

아마 녀석에게서 옛 친우의 모습이 자꾸만 떠올라서이리라.

"그건 그렇고, 내가 했던 연구 중에 회로를 강화하는 연구가 있다는 건 또 어떻게 안 거야?"

"그걸 제가 어떻게 알았겠어요?"

"후, 또 그놈의 일기장이구나."

설풍검제는 자신의 연구실을 제집 드나들듯 했으니까, 아마 모르는 연구가 없을 것이다.

그것보다도 그놈은 무슨 그런 이야기들을 일기장에 다 써 뒀단 말인가.

"어쨌든 지금 당장 그걸 해 줄 수는 없어."

"어째서죠?"

"일단 재료도 많이 필요하고 준비 과정도 복잡해. 지금 황탑에서 처리해야 할 일만 해도 바빠서 그것까지 신경 쓸 겨를이 없어."

사실 이렇게 텔레포트를 하고, 호카에서 이곳까지 함께 마차를 타고 온 것만으로도 탑주로서의 업무는 밀릴 대로 밀려 있는 상황이었다.

루크도 그걸 알고 있기에 고개를 끄덕였다.

"이해해요."

"다행이네."

"음…… 그런데 괜찮겠어요?"

"뭐가?"

"앞으로 황탑에 일이 훨씬 더 많아질 것 같아서요."

"그게 무슨 소리야?"

황탑주는 점점 불안한 표정을 하며 물었다.

루크는 여전히 입에 희미한 미소를 머금은 채 말했다.

"황탑도 이제 공식적으로 흑성교를 적대시하게 되었잖아요. 아마 흑성교에서는 황탑에도 공격을 가할 텐데요."

"……."

"혹시 또 모르죠. 슈넬덴이 계속 깽판을 치고 있으면 굳이 황탑에 신경 쓸 일이 거의 없을지도."

"그래서 그 깽판을 잘 치기 위해 회로를 강화해 달라?"

"그렇다고 볼 수 있죠."

황탑주는 한숨을 푹 내쉬고는 고개를 끄덕였다.

"알았으니까 여기 앉아 봐."

"그럼 도와주시는 건가요?"

"회로 강화술을 하려면 먼저 네 몸의 회로 구조부터 파악해야 해."

"얼마든지요."

루크는 냉큼 황탑주의 앞에 가부좌를 틀고 앉았다.

그 모습에 황탑주는 어이가 없었지만, 그래도 어쩌겠는가.

저 녀석의 말대로 슈넬덴이 깽판을 치지 않으면 녀석들의 시선이 황탑으로 돌아올 텐데.

그건 황탑을 수호한다는 그녀의 존재 목적에도 어긋나는 행동이었다.

툭.

그녀는 품에서 수정구 하나를 꺼내 내려놓고는 두 손을 루크의 머리에 가져다 댔다.

우우우웅—!

그녀의 손에서 뿜어져 나온 황색 빛이 루크의 몸속으로 흘러 들어갔다.

그 빛은 루크의 회로 속을 누비며 구조를 파악해 나갔다.

"어떻게 회로에 멀쩡한 곳이 하나도 없냐?"

"하나도 빠짐없이 강화시켜야 하니까요."

"아무리 그렇다고 해도……."

회로에 미세한 손상을 주어 더욱 강하게 회복시킨다.

말이 쉽지, 실상 근육을 강화하는 것보다도 훨씬 더 고통스러울 터였다.

그래서 보통의 기사들도 주요한 회로 몇 개 정도만 그런 방식으로 단련한다.

하지만 루크는 그걸 모든 회로에서 다 하고 있는 것이다.

이 정도면 가만히 앉아 숨을 쉴 때조차도 고통이 수반되리라.

"대체 왜 이렇게까지 하는 거야?"

그녀가 물었다.

그녀로서는 전혀 이해할 수 없는 문제였다.

아무리 강해지고 싶다고 해도, 어느 누가 숨 쉴 때마다 몸이 찢어지는 고통을 겪고 싶어 하겠는가.

그러나 루크에게는 너무나 간단한 문제였다.

"말했잖아요. 슈넬덴을 최고의 자리에 올려놓겠다고. 그러려면 저부터 강해져야죠."

"하, 정말······."

황탑주는 못 말리겠다는 듯 웃었다.

그럼에도 그런 생각이 들었다.

왠지 이 녀석이라면 슈넬덴을 최고의 자리에 올려놓을 수 있겠다고.

회로 정보를 수집하는 작업은 생각보다 오래 걸렸다.

달이 지고 다시 해가 뜰 때까지도 그녀의 손에서는 황색 빛이 멈추지 않았다.

타인의 몸에 자신의 마나를 밀어 넣는다는 것부터가 이미 쉽지 않은 일이다.

그런데 그 작업을 밤새도록 하다니.

아마 그녀가 호문쿨루스가 아니었다면 진즉에 나가떨어졌을 터였다.

그러나 루크 역시 그 시간을 꼬박 버티고 있다는 사실이 더 놀라웠다.

'나야 호문쿨루스라서 그렇다 치더라도, 이놈은 대체 뭐야?'

오히려 황탑주 본인이 더 경악스러웠다.

"후우."

잠시 후 작업을 마친 황탑주가 숨을 몰아쉬었다.

"끝났다."

"수고하셨어요."

"나보다도 네가 더 고생한 것 같은데?"

"저야 받는 입장이었는데요, 뭘."

말과 달리 루크는 꽤 피곤해 보였지만, 그래도 그런 티는 조금도 내지 않았다.

"이걸로 끝난 거예요?"

"아니, 이제 시작이라고 봐야겠지? 이건 네 회로의 모양을 파악하기 위해서 정보를 수집한 거야."

그녀는 앞에 놓여 있던 수정구를 집어 들며 말했다.

"이제 이걸 토대로 약을 제작해야 해. 혹시 필요한 재료가 있으면 너한테 말하면 되지?"

"물론이죠."

"그럼 난 간다. 이제는 나도 다른 일 좀 해야지."

그녀는 손을 휙휙 흔들고는 루크를 지나쳐 갔다.

황탑주라는 자리가 얼마나 바쁜지는 루크도 잘 알고 있었다.

그렇기에 자신에게 작업이 더더욱 고마웠다.

루크가 그 마음을 담아 인사하려 할 때였다.

황탑주가 먼저 입을 열었다.

"아, 그리고 정보를 파악하는 김에 선물도 함께 줬어."

"선물요? 무슨 선물인데요?"

"그건 알아서 확인해. 일종의 투자금 같은 거야."

황탑주는 그렇게 말하고는 돌아가 버렸다.

루크는 황탑주가 멀어지고 나서야 자신의 몸을 살폈다.

겉보기에는 아무런 변화도 없었다.

"어?"

그러나 자신의 회로를 살피는 순간, 루크는 눈을 동그랗게 떴다.

루크는 자신의 오른쪽 가슴에 응어리진 마나에 집중했다.

그곳에는 똘똘 뭉친 5개의 코어가 느껴졌다.

그리고 그 옆에 미약하게 자리 잡은 6번째 코어도 느껴졌다.

아마 그것이 황탑주가 말한 선물이리라.

'근데 어떻게 한 거지?'

코어를 만들기 위해서는 반드시 이전의 코어를 가득 채워야 했다.

가득 찬 코어에서 넘쳐난 마나를 새로운 코어로 만드는 것이 코어 분열의 원리였으니까.

하지만 아직 루크에게 여섯째 코어를 만들 만큼의 마나는 없었다.

아무리 황탑주가 뛰어난 마법사라고 해도 무에서 유를 창조하는 것은 불가했을 터.

루크는 그 코어의 상태를 더욱 자세히 살폈다.

'오호?'

정확히는 아니더라도 그 원리를 대략 알 것도 같았다.

'회로를 최적화해서 마나가 순환하는 거리를 줄이고, 거기서 아낀 마나로 코어의 형태를 만든 거구나'

의외였다.

황탑주에게 이런 능력이 있을 줄이야.

어쨌든 좋은 일이었다.

코어의 분열은 곧 루크가 증폭할 수 있는 마나의 양이 늘어난다는 의미였으니까.

하루라도 빨리 강해져야 하는 루크에게는 더욱이 반가운 소식이었다.

'그럼 이제 이 코어에 빨리 마나를 채워 넣어야겠지?'

루크는 피곤함도 잊은 채로 곧장 마나 연공에 들어갔다.

다음 날 아침.

율리안은 곧장 원로회를 소집하였다.

"카딘 슈넬덴의 장례는 설풍장으로 지낼 것이오."

모두가 모인 자리에서 율리안이 선언했다.

장로들은 조금 놀란 눈으로 율리안을 보았다.

그도 그럴 것이 설풍장은 설풍의 회랑으로 갈 자격이 있는 분에게 해 주는 제례였으니까.

"이미 확정된 것입니까?"

"그렇소. 슈넬덴가를 위해 스스로 목숨을 바친 분인데, 당연한 대우가 아니겠소?"

"물론 그 말도 맞사오나, 설풍장의 경우에는 정해진 법도가 있습니다. 그에 맞게 심의 과정을 거쳐서 결정해야 하지 않겠습니까?"

"물론 그것도 맞겠지만, 이번 경우에는 굳이 그런 심의 과정은 필요 없을 것 같소."

장로들은 율리안의 말에 고개를 갸웃했다.

율리안은 그런 그들을 보며 슬쩍 미소를 지은 후에 루크 쪽으로 고개를 돌렸다.

루크가 기다렸다는 듯 궤짝 하나를 꺼냈다.

꽤 묵직한 소리에 장로들은 호기심을 보였다.

"이 안의 내용을 보시면 무슨 말인지 알 겁니다."

"그러니까 그 안에 뭐가 들었길래 그러는……? 어, 어어어?"

하우덴 장로는 궤짝을 보자마자 눈이 휘둥그레졌다.

"하우덴 장로, 대체 뭐 때문에…… 허억!"

다른 장로들도 상황은 마찬가지였다.

그 안에 든 책은 하나하나가 슈넬덴의 주력 비전의 주석서였으니까.

"이건 슈넬덴이 잃어버렸던 비전들의 주석서가 아니오?"

"그뿐이겠어요? 그 밑에도 잘 보시죠."

그리고 그 밑의 이름을 본 장로들은 아예 의자에 주저앉고 말았다.

설풍검 주석.

하긴 그 이름을 보고 슈넬덴의 사람 중에 놀라지 않을 사람이 어디 있겠는가?

장로들은 다시 율리안을 보았다.

"이게 다 카딘 슈넬덴께서 남기신 비전입니까?"

"그렇소. 이 정도면 굳이 심의 과정을 열 필요도 없지 않겠소?"

"무, 무, 물론이지요!"

지난 200년간 슈넬덴이 그렇게 찾아 헤매던 슈넬덴의 비전을 남겨 주셨는데, 그따위 절차쯤, 모두 무시해도 좋았다.

"즉시 설풍장을 준비하도록 하겠습니다."

가문의 예법을 담당하는 장로가 대답했다.

그 누구도 거기에 토를 달지 않았다.

율리안은 만족스러운 미소를 짓고는 서책 한 권을 꺼내 들었다.

"그리고 곧장 비전 연구실에서 이 비전들에 대한 연구를 시작할 것이오."

"하나 그 알아보기 힘든 글자 때문에 연구가 쉽지 않을 것으로 보입니다."

"그건 걱정 말도록. 우리와 함께 온 카딘 슈넬덴의 후손, 일리아스가 서책을 해석해 주기로 하였으니."

"아아……!"

장로들의 마음속에도 한 가지 생각이 피어났다.

'비로소 슈넬덴은 예전의 힘을 되찾을 수 있겠구나.'

그저 명성만 회복하는 것이 아니다.

가문 대대로 내려오던 모든 정수가 담겨 있는 비전.

드디어 그 비전을 후손들이 이어받을 수 있게 된 것이다.

이것이야말로 진정한 의미로 슈넬덴을 되찾은 것이 아니겠는가.

"한스를 불러 주시오. 말이 나온 김에 바로 연구를 시작해야 하지 않겠소?"

※

슈넬덴의 부활이 시작된 후로부터 본가에서 가장 바쁜 곳을 고르라면, 두말할 것도 없이 비전 연구실이었다.

그렇지 않아도 연구해야 할 것들이 넘치던 그들에게 새로운 소식이 전해졌다.

루크 일행이 슈넬덴의 주력 비전들이 모두 돌아왔다는 것.

그렇지 않아도 잠 잘 시간도 부족한 한스였지만, 그럼에도 그는 기쁨의 눈물을 흘렸다.

슈넬덴의 잃어버린 비전을 연구한다는 것.

그건 그를 비롯해 루만 가문의 선조들이 그토록 바라던 소원이었으니까.

자신의 대에 와서야 비로소 그 소원이 이루어진 것이다.

"여기까지는 모두 해독했소."

일리아스가 책 한 권을 내려놓으며 말했다.

그는 슈넬덴의 본가에 도착하자마자 곧장 비전 연구실로 들어와 해석 작업에 매진하고 있었다.

덕분에 벌써부터 많은 주석서들의 해석이 끝났다.

"벌써 해독하셨습니까?"

"다들 그렇게 미친 듯이 연구하고 있는데, 나라고 어찌 놀 수 있겠소이까?"

"일리아스 공께서 이리 빨리 자료를 해독해 준 덕분이지요."

"그럼 나는 다음 것을 해독하고 있겠소. 그대도 눈 좀 붙이시오. 한동안 잠도 거의 못 잔 것 같던데."

"알겠습니다."

한스는 일리아스와 인사를 나눈 후 자신의 방으로 들어왔다.

말이 방이지, 온갖 곳에 널려 있는 책과 자료들을 보면 차라리 또 다른 연구실과 다를 바가 없었다.

덜컥.

한스는 침대에 눕는 대신 책상 앞에 앉았다.

한동안 풀리지 않는 문제가 머릿속에서 떠나질 않았기 때문이다.

'어차피 이게 있는 한 잠들지도 못하겠지.'

그는 자신의 책상 앞에 놓여 있는 서책을 보았다.

설풍검 주석.

슈넬덴의 사람이라면 누구나 다 여기에 먼저 관심이 갈 수밖에 없었다.

게다가 일리아스가 가장 먼저 해석해 주었기에 내용을 바로 확인할 수도 있었다.

그렇기에 한스도 설풍검 주석의 연구를 가장 먼저 마치려고 했다.

하지만 설풍검의 묘리는 주석이 있다고 하더라도 그리 쉽게 해석되는 것이 아니었다.

만약 지난 200년간 설풍검을 연구했다거나 그 자료가 있었더라면 사정이 나았겠지만, 지금 슈넬덴에 설풍검에 대한 자료는 이 주석서 하나뿐.

그러다 보니 곳곳에 완전히 해석되지 않은 부분들이 남아 있었다.

이 상태로는 주석서를 가주에게 가져갈 수는 없었다.

완벽하게 해석되지 않은 비전서로 수련하다가는 오버 플로 상태를 일으켜 돌이킬 수 없는 결과를 가지고 올 수도 있었으니까.

'설풍검은 슈넬덴의 상징인 만큼 하루라도 빨리 배우기 시작해야 할 텐데.'

한스는 책임감을 느끼며 주석서 연구를 이어 갔다.

얼마나 시간이 흘렀을까.

한스는 어느 순간 책상에 엎드린 채로 잠이 들었다.

더 이상 쏟아지는 피로를 견디지 못하고 잠이 든 것이 아니었다.

스르르륵.

책상 위로 엎어진 한스의 뒤로 루크가 나타났다.

루크는 한스의 뒷목을 쳤던 수도를 거둬들였다.

그러고는 곧장 한스가 작업 중이던 책상으로 다가가더니, 펼쳐진 서책들을 읽었다.

'흐음, 제법이네.'

루크의 입가에 희미한 미소가 그려졌다.

설풍검의 묘리를 8할은 이해한 것 같았다.

아무리 주석서가 있다고 해도, 워낙 묘리가 복잡한 탓에 웬만한 학자들은 절반도 이해하지 못했을 것이다.

한스 정도의 실력이라면 아마 시간이 좀 걸리더라도 분명 주석서의 모든 부분을 해석할 수 있을 것이다.

하지만 슈넬덴에는 그 정도로 시간이 넉넉하지 않았다.

당장이라도 흑성교나 코넬리오와 맞붙어야 할지도 몰랐으니까.

그러니 한 명이라도 더 많은 이들이 하루라도 빨리 설풍검을 익혀야만 했다.

'그러니까 내가 조금 도와줘야겠지?'

루크는 조금 전까지 한스가 들고 있던 펜을 집어 들었다.

그리고 한스가 막혀 있던 지점들에 대해 빠르게 보충 설명을 적어 갔다.

그것도 한스와 똑같은 필체로.

이미 쓰여 있는 글자를 보고 그 필체를 흉내 내는 건 루크에게 그리 어려운 일도 아니었다.

쉴 새 없이 움직이던 루크의 손이 멈추었다.

'일단 이 정도면 설풍검을 쓰는 데에는 무리가 없을 것 같고.'

루크는 펜을 내려놓으려고 했다.

그러던 그는 뭔가 생각난 듯 멈칫했다.

'잠깐, 여기에 내가 원하는 내용을 추가하면…… 그걸 자연스럽게 전수할 수 있지 않으려나?'

그럴 것이다.

이 책은 지금 슈넬덴에 남은 설풍검의 유일한 주석서였으니까.

그 내용이 어떻든 의심 없이 받아들일 것이다.

'의심이야 할 수도 있겠지. 그래도 어쩔 거야?'

씨익.

루크의 입가에 진한 미소가 그려졌다.

'그렇지 않아도 이걸 슈넬덴에 어떻게 전해야 하나 고민하고 있었는데, 잘됐어.'

숙숙숙숙.

그는 곧장 펜을 들고서 새로운 내용을 써 내려갔다.

카딘이 쓴 글을 마음대로 바꾸는 게 조금 걸리긴 했으나 어쩔 수 없었다.

슈넬덴은 코넬리오를 뛰어넘어야 했고, 그러기 위해서는 반드시 이것이 필요할 테니까.

'이걸로 내가 죽기 전에 이루지 못했던 목표를 이룰 수 있 겠네.'

마지막 순간에 얻은 깨달음을 가문에 전하는 것.

그것만 했더라도 가문의 사정이 결코 이렇지는 않았을 것 이다.

'지금이라도 하는 게 어디야.'

루크의 표정이 뿌듯해졌다.

그렇게 새로운 내용까지 다 쓴 루크는 나타났던 것과 마찬 가지로 아무런 기척도 없이 사라졌다.

✦

루크가 한스의 방을 떠나고 나서 얼마 후.

책상에서 잠이 들었던 한스가 깨어났다.

"으으음, 또 이대로 잠이 든 건가?"

워낙 익숙한 상황이라 그리 이상한 것도 없었다.

이제는 차라리 이 상태로 잠이 들지 않는 게 오히려 이상하게 여겨질 정도였으니까.

　'잠시 침대에서라도 눈 좀 붙이자.'

　한스가 그렇게 자리에서 일어나려고 할 때였다.

　"응?"

　그의 눈이 서책을 향했다.

　어쩐지 자신이 마지막으로 작업했던 것보다 좀 더 채워져 있는 느낌이었다.

　"그럴 리가 없는…… 어?"

　그는 서책을 확인하다 말고 눈을 동그랗게 떴다.

　이건 좀 더 채워진 정도가 아니었다.

　해석되지 않던 부분이 모두 채워졌다.

　심지어 이미 해석했던 부분에도 보충 설명이 들어가 있었다.

　그것도 누구나 이해할 수 있을 만큼 자세한 설명이 말이다.

　'이게 어떻게 된 일일지?'

　한스는 아무리 기억을 더듬어 봐도 생각나는 것이 없었다.

　자신이 한 거라고는 그저 해석하다가 잠이 든 것뿐.

　그럼 이건 그사이에 누군가 쓰고 간 것일 수도 있었다.

　하지만 어느 누가 자신의 방에 몰래 들어와 막혀 있는 부분만 귀신같이 해석해 준단 말인가?

게다가 이 필체를 보면 분명 자신이 쓴 것이 맞았다.

'그럼 도대체 뭐지?'

설마 잠결에 스스로 이걸 써 둔 것은 아닐까?

그러고 보니 잠을 자는 중에 뇌가 정보를 정리한다는 연구를 들은 적이 있는 것도 같았다.

그는 곧장 책을 읽어 내려갔다.

그럴수록 더욱 혼란스러워졌다.

'하지만 이건…… 잠결에 쓴 거라고 하기엔 퀄리티가 너무 좋은데.'

주석서 전체를 읽어 보니, 이건 연구를 마쳤다고 해도 될 만큼 완벽했기 때문이다.

바로 그때 밖에서 노크 소리가 들려왔다.

똑똑똑.

"무슨 일이지?"

"지금 가주님께서 원로회와 함께 방문하신다고 합니다."

"가주님과 원로회라니?"

"그렇지 않아도 저도 물어보려고 했습니다. 비전 연구실에서 설풍검 연구를 마쳤다는 소식을 들었다고 하던데요?"

"뭐?"

한스의 동공이 급격히 팽창했다.

당연히 본인은 그런 소리를 한 적이 없었다.

갑자기 채워져 있는 주석서와 본관에 연구를 마쳤다는 소식이 전해진 것까지.

'도대체 뭐가 어떻게 흘러가는 거야?'

그러나 지금은 그게 중요한 게 아니었다.

무슨 말이 어떻게 전달된 건지는 모르겠지만, 어쨌든 가주와 원로회가 연구실을 방문하는 건 매우 큰일이었다.

이걸 인제와서 뭔가 잘못된 것 같다고 말하기도 곤란하다.

정말로 답이 없다면 그렇게라도 해야겠지만, 무엇보다 지금은 그 답이 본인의 손에 있기도 했다.

한스의 눈이 설풍검 주석서를 향했다.

'내용은 다 채워져 있긴 해.'

그 내용을 대부분 이해하기도 했다.

그러나 선뜻 고개를 끄덕일 수 없는 이유는 아마 마지막에 주석처럼 달린 이 이상한 내용 때문이리라.

'역시 뭔가 잘못됐다고 이야기하는 게 낫겠어.'

하지만 고민의 시간이 너무 길었다.

그가 결심했을 땐 이미 율리안과 일행이 연구실에 도착한 후였다.

"오오……!"

율리안은 한스의 손에 들린 책을 보더니 감탄을 터뜨렸다.

비단 율리안뿐만이 아니었다.

수석기사들과 원로.

누구 하나 할 것 없이 눈을 반짝였다.

심지어는 누군가는 눈물을 슬쩍 흘리기도 했다.

"정녕 설풍검의 주석을 모두 이해하고 해석했단 말인가?"

평소에 점잖은 율리안이었지만, 지금만큼은 흥분을 감추지 못했다.

그는 한스의 손에서 책을 빼앗다시피 가져갔다.

"내가 좀 보도록 하지."

"그것이……."

"왜? 무슨 문제라도 있는가?"

"아, 아무것도 아닙니다."

율리안의 눈은 이미 그 책을 빠르게 읽어 내려가고 있었다.

지금에 와서 뭐라고 말해 봐야 제대로 들리지도 않으리라.

책을 읽는 내내 율리안의 입에서는 감탄이 멈추지 않았다.

그도 그럴 것이 그토록 어렵기로 유명한 설풍검의 내용이 이해하기 너무나 쉽게 잘 설명되어 있었기 때문이다.

"며칠 전까지만 해도 몇몇 부분이 막혀서 교착 상태라 하더니, 어찌 이리도 빨리 해결했단 말인가."

한스는 잠깐 머뭇거리더니 눈을 꽉 감았다.

이건 숨겨 봐야 좋을 게 하나도 없다고 판단한 것이다.

"연구를 하던 중에 잠깐 잠에 들었는데, 일어나고 보니 그 부분이 풀려 있었습니다. 마치 누군가 밤사이 제 필체로 대신 써 주기라도 한 것처럼요."

"허허허!"

커다란 웃음소리가 복도를 가득 채웠다.

이곳에서 한스의 말을 믿는 사람은 한 명도 없었다.

오히려 그게 당연한 반응이었다.

세상의 어느 누가 밤에 몰래 한스의 방에 잠입해 200년 전부터 명맥이 끊긴 설풍검의 주석을 해석해 줄 수가 있겠는가.

"그대가 온종일 설풍검만 부여잡고 있으니, 자신도 모르게 아이디어가 번쩍하고 떠오른 게 아니겠는가?"

율리안이 박수를 치며 말했다.

다른 장로와 수석 기사 들도 한마디씩 보탰다.

"가주님 말씀이 맞네."

"자네가 연구하는 걸 본 사람들은 그걸 결코 우연이라고 생각하지 않을 게야."

모두들 한스가 그동안 밤낮없이 설풍검에만 매달렸던 걸 알고 있었기 때문이다.

"……"

물론 율리안과 다른 사람들의 말이 맞을 수도 있었다.

하지만 한스는 여전히 어딘지 모르게 찜찜한 표정이었다.

'갑자기 떠올렸다고 하기에는 그 내용에는 전혀 본 적도, 들은 적도 없는 개념이 쓰여 있었는데.'

그렇다고 모두가 이렇게 축하하는 상황에서 절대 아니라

고 말할 수는 없는 노릇.

한스는 일단 상황을 지켜보기로 했다.

주룩.

어느새 책을 읽고 있던 율리안의 눈에도 눈물이 흘러내렸다.

이 책만 있으면 당장이라도 설풍검을 배울 수 있을 것 같았다.

그렇다면 누구부터 배워야 할까?

당연히 이 검은 가주인 자신부터 시작해 장로와 수석 기사들이 배워야 할 테지.

그리도 그 뒤를 이어 상급, 중급 기사들이 배우면 될 것이다.

'아니, 굳이 순서대로 할 필요가 없지. 그냥 자격이 되는 자라면 모두가 다 설풍검을 배우도록 해야지.'

애당초 설풍검은 슈넬덴의 검을 극한으로 끌어 올린 자들에게서 볼 수 있는 것.

그 자격을 굳이 검을 배운 경력으로만 한정 지을 필요는 없었다.

실제로 루크와 테오는 가장 먼저 배운 것도 루크와 테오가 아니던가.

지금 이 책의 내용을 읽어 봐도 검을 잡은 경력은 전혀 문제가 되는 게 아니었다.

"음?"

그러던 율리안의 눈에 이상한 것이 들어왔다.

　설풍검을 배우기 전에 선행되어야 할 코어 구성법

'설풍검을 배우기 위해 선행되는 게 있었던가?'

율리안은 고개를 갸웃했다.

그는 전혀 들은 적이 없었기 때문이다.

물론 실전이 되고도 200년이 지난 비전인 만큼, 그가 들어보지 못한 부분이 있을 수도 있었다.

그럼에도 무려 설풍검을 배우기 위한 코어 구성법이 있었다면, 어딘가에 한 줄이라도 자료가 남아 있어야 하지 않겠는가?

이것만으로도 뭔가 이상했는데, 거기에 적힌 내용은 더욱 가관이었다.

'정말 이 괴상한 방법이 설풍검을 배우기 위한 필수 과정이라고?'

　설풍검은 하나의 커다란 코어만 이용하는 것이 아니다.

　하나의 코어를 분열시켜 각 코어간의 공명을 이용하는 것으로……

책에는 그렇게 쓰여 있었다.

더욱 많은 마나를 담고 활용하기 위해서는 코어를 최대한 키워야 한다는 것이 일반적인 상식.

그런데 이건 그 상식과는 전혀 반대되는 내용이었다.

"한스, 혹시 이 내용이 무엇인지 알겠는가?"

율리안은 가장 먼저 한스에게 물었다.

이 해석을 쓴 사람이 한스였으니 당연히 그에게 물어야 할 터.

그러나 한스에게서 답변이 돌아올 리가 없었다.

"말씀드렸다시피 저도 내용이 전혀 기억나지 않는지라 뭐라 드릴 말씀이 없습니다."

"흐음, 그렇단 말이지……."

율리안이 곤란한 듯 턱을 쓰다듬었다.

그러자 장로들이 물었다.

"어찌 그러십니까?"

"아, 그것이……."

율리안은 자신이 본 내용을 장로들에게도 설명해 주었다.

장로들의 반응도 예상했던 대로였다.

"코어를 분열하다니요? 정말 그렇게 쓰여 있습니까?"

"여태껏 들어 본 적도 본 적도 없는 방법입니다. 코어를 키우기는커녕 분열하다니요?"

"혹시 한스가 실수한 것일 수도 있잖습니까? 본인도 잠결에 써서 기억 못 하는 내용이라 했잖습니까?"

그들의 반응을 보자 율리안도 고개를 끄덕였다.

저들의 말대로 한스가 실수했을 확률이 가장 높긴 했다.

'일단 이 부분은 더 연구해 볼 때까지 보류해야겠군.'

생각이 너무 깊었던 것일까.

그는 자신의 뒤까지 다가와 고개를 빼꼼 내밀고 있는 루크를 눈치채지 못했다.

"이거 맞는 것 같은데요?"

"으헉!"

율리안이 깜짝 놀라며 뒤를 돌아보았다.

그곳에는 루크가 천진난만한 표정으로 비전서를 가리키고 있었다.

"무, 무엇이 맞다는 것이냐?"

"여기 코어 분열이라는 거요. 설풍검 배우기 전에 해야 하는 거 맞는 것 같다고요."

"네가 어떻게 알고 그러는 게냐?"

율리안이 불안한 눈으로 물었다.

입으로는 '제발 아니기를.'을 반복하고 있었다.

하지만 루크가 언제 그런 소원을 들어 준 적이 있던가.

"그야 제가 코어를 분열했거든요."

율리안의 눈이 금방이라도 튀어나올 것처럼 커졌다.

장로와 수석 기사들도 마찬가지였다.

"지금 그게 무슨 소리냐?"

"말 그대로예요."

"그러니까 지금 네가 코어를 분열했다고?"

"네."

우우웅.

루크의 대답을 뒷받침하듯 그의 코어가 공명했다.

"언제부터?"

"코어에 마나를 쌓다 보니까 너무 금방 꽉 차더라고요. 그래서 새로운 코어를 만들려고 하다 보니까 이렇게 됐어요. 그런데 이게 설풍검을 쓰기 위한 선행 조건이었다니, 정말 놀랍네요!"

루크가 시치미를 뚝 떼며 말했다.

율리안이 입을 뻐끔거리고 있자, 루크는 테오를 가리켰다.

"저만 그런 것도 아니에요."

모두의 시선이 테오 쪽으로 움직였다.

테오가 화들짝 놀랐다.

"형도 코어를 분열했는걸요."

"저 말이 사실이더냐?"

"그, 그렇죠……?"

테오의 대답에 주변의 분위기는 더욱 차가워졌다.

저 둘은 슈넬덴에서 설풍검을 독학으로 터득한 이들.

그런 둘이 모두 코어 분열을 했다니.

'그렇다면 정말로 저 코어 분열법이 설풍검을 쓰기 위한 전제 조건이란 말인가?'

설풍검의 주석서도, 두 아들도 그렇게 말하고 있었다.

그럼에도 선뜻 대답할 수 없는 이유는 수십 년간 쌓아 온 자신들의 상식을 깨트릴 수 없었기 때문이었다.

아무리 '평범해서는 벽을 뛰어넘을 수 없다.'가 가문의 가르침이라지만, 이건 정도가 심하지 않은가?

자신만 해도 이 정도인데 장로들의 반발은 더욱 심했다.

"이건 큰일입니다. 슈넬덴의 태양이라 불리는 공자들이 검증되지 않은 방법으로 마나를 쌓았다니요?"

"당장 분열된 코어부터 다시 합쳐야 하는 거 아닙니까?"

"쯧쯧."

루크는 그런 그들을 보고 혀를 찼다.

그러고는 벽면에 있는 장식용 검을 집어 들었다.

우우우웅―!

사락.

모두가 들을 수 있을 만큼 선명한 공명음이 들려왔다.

그와 함께 눈송이가 피어났다.

살상력이라고는 전혀 없는 장식용 검에서 피어난 것이라고는 믿을 수 없을 만큼 아름다운 눈송이였다.

여태 설풍검 1식을 배운 이들 중 그 누구도 저렇게 아름다운 눈송이를 만들 수 없었다.

그렇기에 호들갑을 떨던 장로들도 일순간 입을 다물고 그 모습을 감상했다.

루크가 검을 놓자 살랑이던 눈송이는 금방 공기 중으로 흩어졌다.

"직접 해 보면 이렇게 효과가 좋다는 걸 알 텐데."

"……."

"선조께서 괜히 주석서에다 그런 내용을 써 뒀겠어요?"

루크가 씨익 웃으면서 율리안을 보았다.

"원하신다면 제가 코어 분열하는 방법 가르쳐 드릴게요."

그 말에 율리안은 할 말을 잃고 말았다.

원래부터 루크가 종잡을 수 없는 아이라는 건 알고 있었지만, 이건 너무 갑작스럽지 않은가.

가만있어도 수습하기 힘든 상황에 루크가 저렇게 나오니 주변은 난리가 날 수밖에 없었다.

"공자의 코어를 다시 합쳐도 모자란 판국에 분열을 가르쳐 주겠다니, 그건 당치도 않은 말이오!"

"가주님, 이건 아닙니다. 저는 코어를 쪼갠다는 말을 들어 본 적도 없습니다. 수석기사들이 코어를 분열시켰다가 폐인이라도 되면, 간신히 부활하던 슈넬덴이 다시 위기에 빠질 수도 있습니다!"

"저희가 이 공자의 고집을 꺾을 순 없는 건 잘 알고 있으니, 가주님께서 이 공자를 말려 주십시오!"

장로들이 앞다투어 율리안에게 말했다.

율리안은 그런 그들의 고함을 뒤로한 채 루크를 보았다.

'어째서 일을 이렇게 크게 만드는 것이냐? 또 뭐가 있는 게지?'

자신의 생각을 읽은 것일까.

루크가 율리안을 보며 고개를 끄덕였다.

확신에 찬 눈빛은 덤이었다.

'차라리 그렇게 확신에 차 있지 않았다면, 내가 이렇게 고민도 안 하지 않았겠느냐?'

율리안은 한숨을 푹 내쉬었다.

코어의 크기를 잘게 쪼갠다는 건 상식에서 완전히 벗어난 방법이다.

장로들의 말대로 괜히 시험했다가 실패라도 하는 날에는 정말 되돌릴 수 없는 길을 걷게 될지도 몰랐다.

정상적인 상황이라면 이런 도박은 거들떠보지도 않았으리라.

하지만 다른 이도 아닌 루크가 저토록 자신하고 있으니, 율리안의 마음도 동하고 있었다.

아니, 동하는 게 아니었다.

'사실 마음은 이미 기운 상태지.'

지금껏 루크의 말을 듣고서 실패한 적이 한 번이라도 있었던가?

슈넬덴이 여기까지 다시 일어나게 된 것도 모두 루크 덕분이었다.

그런 루크가 저렇게 자신하는데 믿지 않을 이유는 없었다.

'다만 문제는 저 장로들을 어떻게 설득하느냐는 것이지.'

그것이 지금 율리안의 가장 큰 고민이었다.

어설프게 루크를 끼고 돌다가는 오히려 루크에게 더 안 좋은 영향이 갈 수도 있었다.

순간 그의 머릿속에 이 상황에서 가장 확실한 방법이 떠올랐다.

루크의 말을 믿으면서도 장로들의 입을 꾹 다물게 할 수 있는 방법이.

"좋소. 그럼 내가 직접 해 보도록 하지."

"예?"

"내가 직접 코어 분열을 해 보겠다고 하였소."

율리안이 두 번이나 말하였음에도 장로들은 쉽사리 그 말을 이해하지 못했다.

"루크야 그렇다고 치더라도 선조께서도 같은 말을 남기시었소. 그저 우리의 상식에서 벗어난다는 이유로 따르지 않을 수야 있겠소?"

"하지만 그러다 가주님께 무슨 일이라도 생기면 어떡합니까?"

"그 또한 내가 책임지겠소."

"책임이라면……?"

"슈넬덴의 가주는 자고로 가문에서 가장 강해야 하는 법. 코어를 분열하는 바람에 내가 약해졌다면, 내가 가주 자리에서 물러나야겠지."

율리안의 목소리는 확고했다.

"……."

장로들은 무슨 말이 나오더라도 반박할 거리를 장전하고 있었다.

그러나 율리안의 말을 듣고는 입을 다물고 말았다.

무려 가주 자리를 걸고 시험하겠다는데, 거기다 대고 누가 무슨 반박을 할 수 있겠는가.

다만 그들이 궁금한 것은 하나였다.

'어떻게 저렇게까지 믿을 수가 있는 거지?'

아무리 아들이라고 해도, 기사로서의 생명과 가주 자리까지 다 걸 만큼 믿음을 주다니.

그들은 그 신뢰에 더욱 놀랐다.

"내일부터 이 책에 따라 코어를 분열하고 설풍검을 배울 것이오. 그 결과를 토대로 가문 전체에 적용할지, 아니면 코어 분열은 폐기할지 결정하겠소."

장로들이 뭔가 말을 하려고 했지만, 율리안이 선수를 쳤다.

"이 시험이 끝날 때까지는 그 어떤 이견도 받지 않겠소."

"아, 알겠습니다."

"그럼 난 아이들, 그리고 한스, 일리아스 공과 나눌 이야기가 있으니 모두들 돌아가 보시오."

"예."

장로와 수석 기사들은 우물쭈물하다가 연구실을 떠났다.

떠나는 순간까지도 그들은 걱정스러운 얼굴이었다.

그러나 율리안이 워낙 단호하게 말했기에 누구 하나 토를 달지 못했다.

"후."

그들이 모두 떠나고 나서야 율리안을 숨을 내쉬었다.

그런 그에게 한스가 사색이 되어 말했다.

"가, 가주님, 실은 저도 비슷한 생각입니다! 괜히 제가 잠결에 잘못된 내용을 적었다가 가주님께······!"

"걱정 말게나. 나는 자네가 옳게 해석했다고 생각하네."

"하지만 가주 직을 걸 만큼 확실한 근거를 드린 것도 아닙니다."

"가주 직을 걸 만큼 확실한 근거가 있네."

율리안은 루크 쪽을 바라보았다.

"그렇지 않더냐?"

"물론이죠. 아주 잘 아시네요."

루크가 날카로운 송곳니를 드러내며 웃었다.

"저만 믿으세요. 코어 분열하면 설풍검뿐이겠습니까? 코넬리오도 금방 넘을 수 있다니까요."

마치 원료를 알 수도 없는 약을 파는 사람과 같은 말투에
한스는 오히려 불안해졌다.

하지만 율리안은 그런 루크마저도 신뢰하는 것 같았다.

"그런 엄청난 기술을 제가 직접 가르쳐 드린다는 겁니다,
그것도 아주 속성으로."

"그래, 나도 그걸 알고 있으니…… 음?"

율리안은 뒤쪽에서 필사적으로 고개를 젓고 있는 테오를
보았다.

고개만 젓는 것이 아니라, 두 손도 떨어져 나갈 정도로 강
하게 흔들고 있었다.

테오는 왜 저러는 것일까?

"왜 그러세요? 뒤에 뭐라도 있어요?"

루크가 뒤로 고개를 돌리는 순간, 테오는 무슨 일이 있었
냐는 듯 딴 곳을 보았다.

그러다 루크가 다시 고개를 돌리자 율리안을 향해 입을 뻥
긋거렸다.

그의 눈은 그 어떤 때보다도 애절해 보였다.

'아버지, 이 새끼한테 수련받다가 죽을 수도 있어요! 지금
이라도 그 말 철회하세요!'

율리안은 진심으로 아버지를 생각해서 자신의 생각을 전
하려 했다.

하지만 안타깝게도 율리안은 독순술에 조예가 깊지 못했다.

"수련은 내일부터 시작하자꾸나. 나도 오랜만에 새로운 것을 배울 생각을 하니 벌써 설레서 산책이라도 해야 할 것 같구나."

율리안이 본관으로 돌아가려고 몸을 돌릴 때였다.

루크가 그의 어깨를 부여잡았다.

워낙 강하게 부여잡은 탓에 율리안의 몸이 휙 돌아갔다.

"뭘 내일까지 기다려요."

"응? 뭐라고 하였느냐?"

"쇠뿔도 단김에 빼야죠. 바로 가시죠, 백은관으로."

루크의 미소가 점점 더 짙어졌다.

그 뒤쪽으로 아예 손바닥으로 얼굴을 가려 버린 테오가 보였다.

'이미 그 강을 건너 버렸구나.'

테오는 백은관에서 들려올 또 다른 비명을 생각하며 율리안을 애도했다.

❦

백은관.

이곳에서는…….

아무런 소리도 들려오지 않았다.

뭔가 이상했다.

분명 루크가 각 잡고 수련을 시키는 날에는 언제나 백은관에서 비명이 들려오기 마련.

그건 율리안과 함께 수련을 하더라도 마찬가지일 줄 알았다.

당연했다.

가문의 수석 기사들조차도 루크의 손에 걸린 날에는 온갖 종류의 비명을 터뜨렸으니까.

하지만 백은관에서는 당장이라도 사람이 죽어 가는 듯한 절규는 들려오지 않았다.

오히려 불길함이 느껴질 정도로 고요함만이 전해질 뿐.

루크도 나름 아버지라고 대우하고 있는 것일까.

그러나 백은관 안으로 들어가 본다면 그게 얼마나 큰 오산이었는지 알 수 있을 것이다.

"……."

백은관 연무장에는 미라가 있었다.

핏기라고는 조금도 보이지 않는 피부, 움푹 팬 뺨, 헝클어진 머리.

이건 몸 전체에 붕대를 칭칭 두른 미라로밖에 보이지 않았다.

그런데 그 미라에게는 이상한 점이 있었다.

그 미라가 너무나도 조용하다는 것.

그리고 그 미라가 가부좌를 틀고 있다는 것.

마지막으로 미라의 입에서 사람의 말이 흘러나오고 있다는 것이었다.

"불효막심한 놈, 호로 놈의 자식, 육시랄 것……!"

음침한 목소리로 온갖 저주 섞인 말을 중얼거리고 있는 이는 미라가 아니라 율리안이었다.

"예? 뭐라고 하셨어요?"

"아, 아무것도 아니다."

그러나 루크의 말에 율리안의 목소리가 쑥 들어갔다.

그러고는 마치 겁먹은 고양이처럼 몸을 벌벌 떨었다.

―아하, 마나 분열을 하기에는 회로가 아직 준비되지 않았네요. 이럴 때는 방법이 두 가지죠. 천천히 연공을 하면서 회로를 교정하거나, 아니면 마사지로 빠르게 해결하거나.

―무슨 마사지이기에 회로를 빠르게 교정할 수 있다는 것이냐?

―그건 직접 체험해 보면 아실 거예요.

루크가 온몸의 관절을 꺾으며 다가오던 모습이 아직도 생생하게 떠올랐다.

-으아아아아아아악! 아들놈이 아비를 잡네!

　-아잇 참, 그냥 마사지하는 거예요, 마사지. 예전에 형한테도 해 줬는데 엄청 좋아했다니까요.

　당시 그 옆에서 고개를 손으로 얼굴을 가리고 있는 테오의 모습도 떠올랐다.

　그제야 테오의 필사적인 몸짓이 무슨 메시지를 전하려 했던 건지 깨달았다.

　하지만 언제나 후회는 늦기 마련.

　그걸 깨달았을 때는 이미 루크의 마사지가 시작된 이후였다.

　"그래도 역시 우리가 혈통이 좋긴 한가 봐요. 마나 회로가 이렇게 며칠 만에 교정되어 버리다니."

　루크가 율리안의 회로를 살피며 말했다.

　"이제 회로 교정은 안 해도 될 것 같아요."

　"저, 정말이더냐?"

　율리안의 눈에 희망의 빛이 반짝였다.

　드디어 마사지로 둔갑한 구타를 받지 않아도 된다니.

　이제야 좀 살겠구나 하는 생각이 든 것이다.

　하지만 옆에서 함께 수련 중이던 테오는 알고 있었다.

　루크에게 수련받을 때는 결코 다음 단계로 넘어가는 것이 좋은 게 아니라는 것을.

최소한 지금보다 더한 고통이 뒤따른다는 것도.

쿵!

아니나 다를까, 루크가 커다란 의자 하나를 내려놓았다.

등받이가 뒤로 젖혀져 있어 그 위에 몸을 뉠 수 있을 것 같은 의자였다.

그 의자 위로는 정체를 알 수 없는 액체가 담긴 병도 보였다.

그리고 그 밑으로는 손발을 묶을 수 있을 것 같은 장치들이 있었다.

저건 그냥 척 보기에도 수상한 물건이지 않은가.

"대체 그것은 뭐 하는 물건이냐?"

"엘릭서의 효율을 높여 주는 기구인데, 황탑주가 특별히 제작해 준 거예요."

"설마 내가 거기 앉는 건 아니겠지?"

"당연히 앉으셔야죠. 코어를 분열하기 전에 먼저 마나부터 채워야 하니까요."

"정녕 나를 죽일 셈이냐?"

율리안의 말에 루크가 너무나도 순수한 미소를 지어 보였다.

"그럴 리가요. 이게 다 아버지를 돕는 겁니다."

"대체 그 기괴한 물건으로 나를 어떻게 돕겠다고……."

"일단 앉으세요. 여기 앉기만 하면 황탑의 상급 엘릭서를 최대 효과로 흡수할 수 있으니까요."

"자, 잠깐! 마음의 준비부터……!"

"망설일수록 시간만 늦어져요. 좋은 말로 할 때 얼른 앉으시지요."

"……."

율리안이 뒤로 슬금슬금 물러났다.

자신의 감각이 끊임없이 외치고 있었다.

지금 저기 앉으면 분명 죽음과도 같은 고통을 맛볼 거라고.

그러자 본능적으로 회피 반응이 나타나는 것이다.

하지만 백은관에서 수련받았던 이라면 누구나 그랬듯, 율리안도 이곳에 한번 발을 들인 이상 쉽게 나갈 수는 없었다.

툭.

뒤로 물러나던 율리안이 무엇인가와 부딪쳤다.

고개를 돌려 보니 그곳에는 테오가 서 있었다.

그는 안타까운 목소리로 말했다.

"그러게 제가 그렇게 말렸잖아요, 아버지. 저놈에게 수련받다간 아버지 정신이 성하지 않을 수 있다고."

"이 정도일 줄은 정말 몰랐단다."

"이미 늦었어요. 그래도 저 녀석이 시키는 건 버티기만 하면 그다음 결과는 좋아요. 그건 제가 보장할게요."

테오는 고개를 꾸벅 숙이고는 율리안의 몸을 부축했다.

말이 부축하는 것이지, 사실은 집어 든 것과 다를 바 없었다.

"이, 이, 이거 놓아 다오. 이 나이에 저기 올라가면 정말 죽는단 말이다!"

"이 의자 위로 모시면 되는 거지?"

테오는 율리안의 말을 들은 체도 하지 않은 채 루크에게 물었다.

루크가 한 얼굴로 끄덕였다.

"맞아. 그리고 그 장치들로 좀 묶어 줘. 황탑주 말로는 그거 안 묶으면 백이면 백 도망간다고 하더라고."

"도망이라니, 도대체 무슨 짓을 하려고 그러는 게냐?"

"걱정 마세요. 다 좋은 겁니다. 혹시 아프면 왼손 드세요."

철컥, 철컥, 철컥.

테오는 의자에 있던 잠금 장치들을 율리안의 손발에 채웠다.

물론 왼손도 움직이지 못하게 고정했다.

"자, 잠깐만!"

"왜 그러세요?"

"루크가 아프면 왼손 들라고 했잖느냐, 근데 이걸 묶으면 어떡하느냐?"

"아, 그거요?"

테오는 안타깝다는 듯 율리안을 보았다.

"저 새끼는 어차피 왼손 들어도 안 멈춰요."

"뭐, 뭐?"

"차라리 묶어 두는 게 마음 편할 거예요."

"그, 그럴 수는⋯⋯!"

율리안이 뭐라고 말하려고 했지만, 루크가 먼저 의자 옆으로 다가왔다.

"그럼 바로 시작하시죠. 이것만 하면 바로 코어 분열시킬 수 있으니까 조금만 참으세요, 아버지."

루크가 의자 옆에 달려 있던 레버를 내렸다.

위이이이잉!

기괴하게 생긴 의자에서 황색 빛이 뿜어져 나왔다.

"으아아아아아악!"

그와 함께 율리안의 비명이 백은관 너머까지 울려 퍼졌다.

루크는 그 비명을 들으며 미소를 지었다.

'강해지는 소리는 언제 들어도 좋다니까.'

곧 있으면 슈넬덴의 모두가 이 소리를 지르게 되겠지.

점점 더 변태(?)가 되어 가는 루크였다.

다음 권으로 이어집니다